# DAVID,

## MYSTÈRE EN CINQ ACTES,

PAR F.OIS PHILOCHE.

*Prix 3*



PARIS,
FURNE ET Cie ÉDITEURS,
Rue S.-André-des-Arts, 55.

TOURS,
A. AIGRE, LIBRAIRE,
Rue Royale, 13.

1840.

# DAVID,

## MYSTÈRE EN CINQ ACTES,

PAR FRANÇOIS PHILOCHE.

PRIX : 3 FRANCS.



PARIS,
FURNE ET Cie, ÉDITEURS,
Rue St.-André-des-Arts, 55.

TOURS,
A. AIGRE, LIBRAIRE,
Rue Royale, 13.
1840

## PERSONNAGES.

DAVID.
NATHAN.
JONATHAS.
URIE.
ÉLIAB.
SAÜL.
BETHSABÉE.
MARIE.
ABISAÏ.
ABNER.
JOAB.
SEMÉÏ.
UN ESCLAVE.
POLIDECTE.
BRASIDAS.
SATAN.
SOLDATS DE DAVID.
SUITE D'ABNER (20 hommes).
PSAMMÈS.
AMBASSADEUR DE TYR.
ÉGYPTIENS.
TYRIENS.
ESCLAVES.
SUITE DE DAVID.

# DAVID.

## PREMIER ACTE.

*La caverne d'Odollam.*

Ils m'ont mis dans une fosse profonde, dans des lieux sombres, et dans l'ombre de la mort. Ps. 87.

### SCÈNE I.

DAVID.

(On entend, avant l'arrivée de David, une musique de harpe d'un genre simple, mais harmonieux).

A quel état les persécutions de Saül me réduisent-elles ! Je suis obligé de fuir sans cesse devant lui. Saül, qui tenait son autorité du Seigneur, a-t-il donc oublié que Dieu reprend quand il lui plaît ce qu'il a donné, et qu'il assigne leurs places aux choses comme aux hommes? Le nuage qui passe sur nos têtes est de l'eau comme l'étang qui croupit à nos pieds. Il est donné à l'un un sceptre, à l'autre une besace de mendiant. L'étang ni le nuage ne disent à Dieu : POURQUOI avez-vous fait ainsi? L'homme seul ose murmurer.

David succéder à Saül? dira-t-on dans Israël; il pourrait devenir lévite, car il n'a aucune des difformités qui ferment le tabernacle. Mais lui, conduire des armées et présider les anciens d'Israël, lui, cet homme obscur! SON front de pasteur ne peut porter qu'une couronne de dérision.

Ils ne savent pas, ces ouvriers d'iniquité, ce que Dieu, qui m'appelle, peut faire en moi; car Dieu ne se trompe pas comme un homme. Ne puis-je, entre ses mains, être ce que cette harpe est dans les miennes? En ce moment elle est muette, mais elle n'en renferme pas moins une divine harmonie. Que Dieu pose sa droite sur mon front, il remuera en moi toutes les cordes les plus nobles, et le courage et la prudence vibreront en mon âme comme des sons pleins de majesté et de douceur. (*Il fait nuit.*)

Permettez, Seigneur, que ce temps d'épreuves

qui commence mon règne soit employé par moi, à méditer vos saintes volontés. Donnez à David la prudence de Joseph, la gravité de Moïse et le courage de Josué. Je vous bénis de ce que vous m'accordez encore le splendide spectacle de vos cieux. O nuit, que tu es belle! Le jour n'a qu'un soleil, mais tu fais briller à nos yeux un nombre infini d'étoiles. La chaleur du jour nous épuise; accablée sous ses feux, notre intelligence semble s'éteindre, mais la nuit est comme le jour de l'âme. C'est alors que les souvenirs de nos affections passent plus embaumés sur notre front. Le jour est pour le bruit, la nuit est pour la méditation. L'homme agité le jour est un char qui roule et qui ne peut élever en l'air que de la poussière; mais celui qui pense pendant la nuit est une lampe qui veille et dont la douce flamme s'élève vers Dieu.

Que de biens vous avez répandus sur ma tête! Vous m'avez donné non-seulement une âme pour comprendre vos merveilles, mais encore une harpe qui est l'écho de mes joies et qui pleure mes infortunes, et vous m'avez dit : Chante, ô David, chante ce que j'ai créé; à moi l'œuvre immense du monde, à toi l'harmonie; et cet instrument n'est point le luth de l'efféminé. O ma harpe, tu n'as pas de sons pour les filles de Moab, tu es belliqueuse et grave comme la trompette que Moïse faisait retentir aux solennités.

Que de murmures dans cette caverne! Que de plaintes chez les hommes que je commande! Quelle vie agitée! Les voici qui rentrent; fuyons-les pour un moment, et allons demander à l'air pur des montagnes la sérénité que l'on ne trouve presque jamais dans la société des hommes, où les passions sont l'atmosphère, et où la colère devient souvent contagieuse. Tempête pour tempête, j'aime mieux lutter avec l'ouragan qu'avec l'orgueil des fils d'Adam.

## SCÈNE II.

JOAB, ABISAÏ. Soldats de David.

ABISAÏ.

Mon frère, comment trouvez-vous cette demeure? Une vraie tanière dont nous avons chassé les bêtes fauves. Des compagnons dont le visage nous ferait regretter celui de l'ennemi, bouches qui s'entr'ouvrant pour sourire imitent celle que le tigre ouvre pour mordre; puis quelques hommes obérés qui n'ont d'ennemis que leurs dettes et qui se croiront victorieux s'ils ne paient pas : un conseil que la hache préside. Quand nous voulons oublier nos maux, où reposons-nous nos fronts? Sur une pierre où le sommeil prend parfois les soucis, mais où l'ennemi peut prendre la tête. Qu'arrive-t-il sur ces roches désertes? Le vent brûlant et la malédiction de la plaine, de la plaine que nous dévorons et où la guerre partage ainsi : le froment pour le soldat, le chaume et les sueurs pour le laboureur. Et comme on parle de nous dans les villes d'Israël? Nos amis les plus dévoués sont ceux qui n'ont pas encore osé nous donner le nom de bandits.

JOAB.

Ami, garde-toi de flétrir, ne fût-ce que dans ta pensée, ces hommes hardis, cette gloire en haillons qui nous environne. Leur fière misère sera la compagne fidèle de la fortune de David. Ils ont la rudesse du fer qui gagne les batailles, mais ils ne sont pas vils comme l'or qui achète les empires. Quand la fortune de David s'est levée, ils ont eu foi aux premiers rayons de son étoile.

ABISAÏ.

Je regrette encore ce temps où les hommes graves disaient en secouant la tête que je dissipais follement mes biens ; ce temps où il semblait à ma jeunesse imprévoyante que les sicles d'or pleuvaient toujours aussi nombreux dans ma cassette en bois de Setim que les grains de manne au désert, et où mes coursiers de Coa ployaient sous le poids des manteaux d'écarlate et des robes de fin lin, jours où je visitai Tyr la marchande fière, Tyr où les carènes étalent une forêt sur les ondes, et le Liban où le vent ploie en onde les cimes des forêts; Memphis la docte que sa lumière aveugle, Memphis où les hommes sont des brutes, car les brutes y sont des dieux. Revenu après avoir dissipé mes biens, j'ai recherché une compagne, mais j'ai dû y renoncer ; l'amour appauvri est-il jamais couronné?

JOAB.

Mon frère, je n'ai pas agi comme vous, je ne suis pas venu ici après avoir vidé ma bourse et mon cœur. Tout jeune, j'aimai les combats et j'offris mes services à Saül, mais il les repoussa ainsi que ceux d'Azaël et les vôtres ; je n'ai pu oublier les paroles offensantes qu'il mêla à son refus.

ABISAÏ.

Je ne les ai pas plus pardonnées que vous. On oublie mal les affronts des rois, et les outrages pèsent plus à nos fronts, quand ils descendent sur nous du haut de ces fières majestés.

JOAB.

Saül le sait, et il nous porte autant de haine qu'à David. Notre petite armée s'est grossie des hommes qu'il a irrités. En ce temps où la force règne, on n'est grand que par le glaive. David ne m'est pas cher seulement parce que j'appartiens à sa famille, je vois aussi en lui l'homme auquel j'ai attaché ma fortune ; s'il tombe, sa chute m'écrasera peut-être, car je ne m'associe pas à sa grandeur, comme fait le lierre qui ne monte avec le chêne que pour étouffer ses rameaux, mais je serai le jeune arbre qu'il protègera contre le vent des cours. David me dominera, je le sais, mais je ne souffrirai pas de rivaux en pouvoir près de lui; je ne veux que lui entre moi et le soleil.

## SCÈNE III.

DAVID, JOAB, ABISAÏ. Soldats de David.

SOLDATS.

Vive David! Vive le roi d'Israël!

DAVID.

Compagnons, vous connaissez les motifs qui m'ont mis les armes à la main. Vous n'ignorez pas que je ne hais pas Saül, et que je ne veux opposer que le pardon à ses fureurs. L'harmonie même, ce lien aimable des sociétés, cette compagne délicieuse des banquets n'a pu le désarmer. Prince malheureux, il n'a pu, en me donnant pour époux à sa fille, voir en moi qu'un ennemi de plus dans sa maison. Il n'a su faire pour moi du lit nuptial qu'une lâche embuscade.—Hébreux, soyons courageux et patients. Souvenez-vous qu'Abraham notre père n'avait à sa suite que quelques pasteurs quand il vainquit des rois. Dieu, de qui je tiens ma couronne, m'est témoin que je ne désire que la paix. N'oublions point que le bouclier est l'arme la plus glorieuse quand on combat des frères. Épargnons la patrie, et que l'enfant soit maudit qui déchire le sein de sa mère. Nous sommes les enfants des Patriarches, et nous ne devons pas agir comme les adorateurs de Dagon. Vivez en paix avec le laboureur et le vigneron; rendez-leur aussi léger que possible le fardeau de la guerre. Voici mon voeu le plus cher, enfants; c'est que chaque Hébreu puisse se reposer en paix sous sa vigne et son figuier.

## SCÈNE IV.

LES PRÉCÉDENTS. (*Semeï vêtu comme les soldats de David se glisse parmi eux et passe du côté opposé à celui où se trouvent David, Joab et Abisaï*).

SEMÉÏ.

Il y a dans ces cavernes environ 400 hommes qui sont loin de se douter de ce qui se passera demain. J'ai découvert enfin l'asile de David. O l'excellent espion que la jalousie! Tu es là, sous ma main, David. Demain je me venge de l'amour de Bethsabée pour toi. Demain Bethsabée sera à moi, car tu ne seras plus. Vaine illusion! Demain, serai-je beau et brillant comme David? D'ailleurs, suis-je assuré du succès de mes projets contre lui? Pourquoi ai-je rencontré Jonathas? Que vient faire ici Jonathas que j'ai aperçu en me glissant dans l'ombre et qui ne m'a pas vu? Connaîtrait-il ce que Saül et moi nous méditons pour cette nuit? Empêchons qu'il ne voie David. (*En ce moment David quitte Joab et Abisaï, et s'avance vers Semeï.*

DAVID (*à Semeï*).

Que veux-tu? Qui t'amène ici? Qui peut t'attirer à cette heure?

SEMEÏ.

J'ai à vous parler de Jonathas.

DAVID.

De Jonathas? Parle, ami, parle, je t'en prie.

SEMEÏ.

Vous avez peut-être conservé quelque affection pour Jonathas?

DAVID.

Je l'aime bien plus qu'un frère; jamais je ne l'oublierai, malgré les mauvais traitements de Saül son père.

SEMEÏ.

Donnez-lui-en la preuve en le secourant. Au

moment où je vous parle, Jonathas peut être en danger.

DAVID.

Lui? Jonathas? Où? Comment? Parle vite.

SEMÉÏ.

Je viens de rencontrer Jonathas à cent pas d'ici. Trois hommes d'une mine équivoque se sont approchés de lui. Qui sont ces hommes? Je l'ignore, mais j'ai vu l'un d'eux porter la main sur lui, et j'accours pour vous en prévenir : il doit être au bas de cette petite montagne. (*Il étend la main à droite*).

DAVID.

Esclave, apporte une torche. (*à Seméï*) Je ne sais si tu me trompes, mais il me semble que je connais ta voix. Je dois t'avoir vu près de Saül. Le nom de Jonathas est sacré pour moi, et il ne sera pas dit que j'ai balancé un moment à voler à son secours. (*L'esclave approche, une torche à la main, et suit David*).

SEMÉÏ (*au fond de la scène et suivant des yeux David*).

David descend par là. Jonathas remonte par le côté opposé. Ils ne se verront pas, ou l'un d'eux périra. David n'a qu'une poignée d'hommes : il ne règnera pas; il doit succomber; mais, s'il conservait l'affection de Jonathas, il reviendrait peut-être auprès de Saül, et, dans une situation aussi puissante, il réussirait peut-être à épouser Bethsabée.

## SCÈNE V.

JONATHAS, ABISAÏ, SEMÉÏ, JOAB. Soldats. (*Jonathas et Seméï sont du côté opposé à celui où se trouvent Abisaï et Joab*).

JONATHAS.

N'est-ce pas Seméï que je vois?

SEMÉÏ (*à demi voix*).

Jeune homme, qui t'amène ici ?

JONATHAS.

Le désir de voir David, de serrer un ami sur mon cœur.

SEMÉÏ (*bas*).

Prince imprudent, rends grâce au Seigneur qui te fait rencontrer ici un homme de ta race. Que penserait ton père, s'il venait à apprendre que tu as des relations avec son ennemi? Tu cours un double risque ; tu passeras dans le camp de David pour un espion, et ton père te regardera comme un fils perfide ; mais sais-tu bien où tu te trouves ? As-tu réfléchi aux dangers que tu cours?

JONATHAS.

Je sais que je suis dans la société des ennemis de Saül mon père et des miens ; mais l'amitié passe au travers des flammes. Je veux voir David. Que je le voie et que je meure.

SEMÉÏ.

Sais-tu bien ce qu'est David ? C'est un lâche.

Il vient d'apprendre que tu arrivais, il a craint de se compromettre aux yeux des hommes de son parti en recevant le fils de Saül; il a évité ta rencontre et te laisse en proie aux fureurs de cette poignée de factieux que tu vois rassemblés.

JONATHAS.

Tu le calomnies. Je ne saurais en croire tes rapports.

SEMÉÏ.

Crois-en tes yeux. Vois-tu cet homme qui descend ce précipice en s'accrochant avec peine aux arbustes du rocher.

JONATHAS.

C'est la taille de David, mais je ne vois pas son visage.

SEMÉÏ.

Sa tête se tourne de différents côtés. Tu peux apercevoir maintenant ses traits éclairés par la lueur rougeâtre de la torche que porte son esclave.

JONATHAS.

C'est lui, c'est David, mais je ne croirai jamais

à une perfidie de ce cœur noble. Je veux le voir de près et lui parler. (*Jonathas court vers David, Semeï l'arrête*).

SEMEÏ.

Mais tu veux donc ta ruine !

JONATHAS.

Sais-tu, toi qui me parles de mes dangers, que tu en cours un fort grand, toi-même. David est mon ami ; que je te dénonce à ses soldats, voilà ta tête en péril. Saül est mon père ; que je lui parle de ta présence ici, il te fera lapider comme un traître.

ABISAÏ (*aux soldats*).

Amis, veillons et prenons garde qu'il ne se glisse dans l'ombre quelque étranger qui fasse connaître notre retraite à Saül. Voici l'heure du sommeil, mais jamais l'œil de l'espion ne se ferme tandis que la bourse de celui qui le paye est ouverte.

SOLDATS.

Vive David ! Mort à Saül ! Mort à Jonathas.

SEMEÏ.

Tu l'entends, malheureux prince.

SOLDATS.

Mort à Saül ! Mort à Jonathas !

SEMÉÏ (*à Jonathas*).

Et tu ne veux pas fuir !

JONATHAS.

Crois-tu que je ne sache pas mourir ?

SEMÉÏ.

Son opiniâtreté m'éclaire, il veut rester, il sait tout ! je n'en puis douter : assurément je ne perdrai pas Bethsabée pour sauver la vie de Jonathas.

Eh bien ! meurs, et ne me reproche pas ta mort, car je voulais la prévenir. (*Haut*) Conjurés, saisissez cet homme ; c'est un espion. (*A part*) Si je disais qu'il est fils de roi, qu'il se nomme Jonathas, ils voudraient attendre le retour de David pour en finir ; mais on commence le procès d'un espion en lui passant une corde au cou, et on le termine en poussant son corps du pied dans le précipice.

ABISAÏ.

Tu dis que cet homme est un espion ?

JONATHAS.

Un espion ! moi, un espion ! Moi, trahir David ! Malheureux, qu'as-tu dit ? Les fils des rois ont l'œil qui pénètre la pensée, le pied qui marche au combat, le bras qui frappe au cœur la révolte, mais ils n'ont pas la langue perfide qui vend l'amitié.

JOAB.

Toi, fils du roi? Toi?... Soldats, assurez-vous de ces deux hommes.

JONATHAS.

Je suis Jonathas, fils de Saül. La calomnie de cet homme m'indigne et me force à me découvrir. Oui, je suis fils de Saül, mais loin de vouloir nuire à David, votre chef, je suis son ami.

SEMÉÏ.

Cet homme vous trompe ; c'est un espion.

## SCÈNE VI.

LES PRÉCÉDENTS, DAVID.

DAVID (*avec colère à Semeï*).

Tais-toi, lâche. Ah! cet homme est un espion. Je te dis que cet homme est mon ami; et le véritable espion c'est toi, toi, homme de néant. C'est toi qui es l'espion, l'oreille infâme qu'on cloue à la porte du conseil.

JONATHAS (*entendant la voix de David*).

Oh! Dès ce moment David est sauvé, et je n'ai plus rien à craindre.

JOAB.

Plus rien à craindre? Tu le crois? Qui te sauvera donc?

DAVID.

Le roi. (*En un moment la foule des conjurés s'écarte ; les flambeaux paraissent. David est sur le devant du théâtre : Jonathas se jette dans ses bras. Seméï paraît dévoré d'une rage sourde*).

DAVID (*à Jonathas*).

Cher ami !

JONATHAS.

Oh ! tu m'aimes. J'avais raison de croire que tu ne m'avais pas abandonné.

DAVID.

T'abandonner ! Moi, Jonathas?

JONATHAS (*désignant Seméï*).

Cet homme me l'avait dit. Tu me fuyais, tu ne voulais pas paraître lié avec le fils de Saül, de Saül qui est autant l'ennemi de ceux qui t'environnent que le tien. Voilà ce que m'avait dit Seméï. (*bas*) J'accourais pour t'avertir d'une embuscade que Saül te tend.

DAVID.

L'imposteur ! Je te fuyais, Jonathas !... Je suis descendu de ce rocher sur la foi de ses paroles. Tu allais être attaqué, disait-il. Heureusement les cris de Mort à Jonathas ! sont venus à mon oreille, et je suis accouru pour te sauver. (*à Semeï*) Sois maudit, misérable, car tu as été l'artisan d'une odieuse tromperie. Tu périras.

JONATHAS.

David ! David ! Oh ! qu'il soit béni, car tu m'aimeras peut-être davantage dorénavant, puisque tu sauras que je viens de m'exposer à la mort pour te sauver.

ABISAÏ (*à Semeï*).

Qu'es-tu venu faire ici? Est-ce que les aigles vivent avec les serpents ?

JOAB (*à David*).

Est-il vrai que vous oserez sauver Jonathas ?

DAVID.

J'ose tout ce que je dois, Joab. Mon audace

irait au besoin jusqu'à imposer silence à un fidèle serviteur qui méconnaîtrait ses devoirs.

JOAB.

Prince, souffrez que je vous dise que vous vous écartez des lois de la prudence.

DAVID.

Tu ne sais donc pas que l'amitié est imprudente.

JOAB.

David, il faut que vous sachiez que nous vous sommes dévoués, que nous vous aimons, que vous ne périrez que quand nous n'aurons plus de flèches dans le carquois, ni de sang dans le cœur; mais il faut aussi que vous n'oubliiez pas que nous voulons que vous montriez toute la sévérité nécessaire; nous voulons trouver en David le roi et non le lévite.

JONATHAS.

Tu approuveras, Joab, ce que tu parais regarder en David comme une sorte de faiblesse, quand tu sauras que je sauve en ce jour non-seulement David, mais toi, Joab, et tous ceux qui vous ont suivis. Depuis longtemps, je savais que Seméï était ennemi de David, et je faisais surveiller exactement ses démarches. Inquiet sur le sort de mon ami, je parcourais avec tristesse les galeries du palais de mon père; en passant près de la porte de sa chambre, un écrit tombé à terre frappe mes yeux, je le prends et le lis; cet écrit, le voici :

« Seméï à son seigneur Saül.

» Je serai demain, quand la lune se lèvera, à
» la caverne d'Odollam, avec l'or que vous m'avez
» donné. Vous ferez cacher, comme il a été con-
» venu, trois mille hommes dans le petit bois de
» lentisques qui joint le torrent voisin de cette
» caverne. J'annoncerai à David que vous vous
» trouvez seul, dans ce petit bois, ou accompagné
» de deux serviteurs. David s'avancera ou seul,
» ou accompagné de ses quatre cents hommes,
» et vous vous emparerez de lui au moment où il
» espèrera vous surprendre. Si sa troupe fait ré-
» sistance, dans un instant vous en serez maître,
» bien plus parce que vous êtes le plus courageux
» entre les Hébreux, que parce que vous avez

» l'avantage du nombre. La Judée n'aura plus
» qu'un roi, et elle sera délivrée d'un aventurier.
» Méfiez-vous de Jonathas.

» Je baise humblement les pieds de mon sei-
» gneur Saül.

SEMÉÏ. »

» A Bahurim, le septième jour du septième mois. »

Après avoir lu, j'entends mon père donner l'ordre à Abner de réunir 3,000 hommes pendant la nuit, et de les placer mystérieusement hors de la ville. Je monte à cheval, je dévore l'espace, et j'arrive ici plusieurs heures avant mon père afin de vous sauver, mon cher David.

DAVID.

Ami, que peut faire un malheureux banni pour prouver sa reconnaissance au fils de Saül?

JONATHAS.

Le malheureux banni est un roi, et le fils de Saül sera fier de prendre place au-dessous de lui. David, tu es marqué au front par Dieu. Saül et moi nous savons que la couronne d'Israël t'appartiendra.

JOAB (*à Semeï*).

Misérable, qui t'a poussé dans cette caverne? Ici, vois-tu, c'est un lieu terrible; ici, l'épée est la loi.

ABISAÏ (*à Semeï*).

Cette caverne, c'est la gueule du lion. Ces conjurés qui t'entourent, ce sont les dents terribles qui tranchent et qui broient.

JONATHAS.

Une grâce, mon cher David, une seule avant que nous nous quittions; celle de ce malheureux. (*Il désigne Semeï*).

DAVID (*à Jonathas*).

Dis de cet infâme. (*à Semeï*) Bénis Jonathas, Semeï; c'est lui qui te donne la vie.

SEMEÏ.

Crois-tu que je l'accepterais sans cela? Crois-tu que Semeï voudrait devoir quelque chose à David?...

La vie, la vie ; eh bien ! je vivrai, mais pour te dire en face que je te hais. Je vivrai, pour être l'aspic qui mordra ton pied, si je ne puis être le rocher qui croulera sur ton front.

(*Amèrement*). Tu es beau, David ; les femmes te regardent avec douceur ; et ta harpe charme leurs oreilles ; tu crois peut-être que tu possèderas leur cœur en paix. Tiens, le jour que tu entras victorieux dans Jébus, à la suite de Saül, après avoir combattu les Philistins, les fleurs pleuvaient sur toi, les huiles parfumées coulaient à tes pieds, tandis que le son des instruments guerriers se mêlait aux accords des lyres et des harpes ; on chantait ta victoire, et tu étais radieux ; je t'admirais et j'applaudissais comme la foule, mais tu vins à passer au bas de la terrasse où se trouvaient diverses jeunes femmes. L'une d'elles porta sur toi ses beaux yeux bleus, et sa main blanche jeta à tes pieds un lis, moins blanc qu'elle. Vois-tu, David? C'est cette fleur-là qui te tue ; car déjà je t'ai tué dans ma pensée. Je l'ai ramassée cette fleur, je l'ai posée sur mon cœur, elle a été flétrie, mais mon cœur a été brûlé.

DAVID.

C'est à tort que tu t'affliges, Séméï : c'est par hasard que cette fleur est tombée à mes pieds, et tu n'en douterais pas un instant, si tu connaissais comme moi la pureté parfaite de cette jeune fille. — Compagnons de mon infortune, vous n'auriez pas cru que Saül vînt à nous envier jusqu'au triste repaire que nous habitons : vous venez cependant de l'apprendre. Retirons-nous auprès du roi de Moab. Saül sera ici, avec un corps d'armée, dans quelques heures. Ne dépensons pas le sang d'Israël sans utilité pour notre cause. Prions le Seigneur qu'il daigne protéger notre retraite. Ayons le courage de la patience, en attendant que nous puissions déployer celui des batailles.

# DEUXIÈME ACTE.

(*La colline d'Hachila près du désert de Zeph:* On voit une partie du camp des Hébreux).

Elles (les idoles des nations) ont une bouche et ne parleront point. Elles ont des yeux et elles ne verront point. Ps. 134.

## SCÈNE I.

ÉLIAB, DAVID.

DAVID.

La tente de Saül est celle-ci. Celle d'Abner vient après, et celles qui suivent sont destinées aux hommes de sa garde ; je n'oublierai point l'ordre où elles se trouvent.

ÉLIAB.

Mon frère, je vais retourner près de mon vieux père, et je reprendrai mes simples travaux.

DAVID.

Mon cher Éliab, restez encore quelques instants, mon âme a besoin de s'épancher dans la vôtre... Mon frère, je souffre... Un roi souffre plus qu'un autre. Tout homme est une urne inondée de douleurs et plus cette urne est grande, plus elle contient de larmes.

Il y a bien longtemps, j'étais à Sidon. Je rencontrai une jeune vierge Phénicienne. Je ne puis te dire tout ce que cette tête pure exprimait. Son regard était plein, en même temps, de majesté et d'une ineffable candeur. Éliab, qu'elle était belle! Il y avait tout un ciel dans ses yeux bleus. Ses paroles, ses mouvements, les contours de sa taille étaient empreints d'une grâce divine. Le son un peu grave de sa voix faisait deviner une femme qui n'avait rien de la légèreté des jeunes filles de son âge, mais en même temps, il était doux comme une caresse. Il y avait chez cette femme, de l'ange et de la reine. Oh! s'il naissait un jour dans nos tribus une vierge assez parfaite pour donner le jour à un Dieu, créature qui tînt plus du ciel que de la terre, elle revêtirait cette forme suave. Un jour sa mère l'invita de chanter devant moi, elle s'y prêta d'un air pudique. Il me serait impossible d'oublier cette douce et simple mélodie dont les paroles exprimaient un adieu mélancolique à la terre natale.

Toute ma vie est dans les quelques jours que je passai près d'elle. Combien ce réveil de mon âme était doux! C'était l'ange du bonheur qui venait éclairer d'un sourire les portes de ma vie. Je voyais enfin la Rachel pour laquelle j'aurais supporté tous les travaux d'une vie dure.

ÉLIAB.

Et quel est le nom de cette jeune fille?

DAVID.

Je l'ignore, mais malheureusement, je ne puis douter qu'elle soit vouée au culte des Phéniciens : elle adore Astarté, et je ne veux point offenser le Seigneur en faisant alliance avec les idolâtres. Un jour que je passais devant elle, dans Jébus, un lis échappé de ses mains est tombé à mes pieds. O mon Dieu! Combien j'ai souffert de ne pouvoir le saisir, de n'oser baiser cette fleur que je dévorais des yeux. J'adore cette femme, mais y penser est un crime; je la fuirai donc. D'ailleurs, Éliab, quel sort puis-je lui offrir? Une caverne ou un camp pour séjour. Pour bonheur une vie agitée, au milieu des complots ou des persécutions.

ÉLIAB.

Et tu ne veux pas qu'elle adoucisse tes infortunes?

DAVID.

Apprends à connaître David; Dieu qui l'a élu sur Israël a voulu agrandir son âme en le faisant roi : il a couronné son cœur d'héroïsme en même temps que son front du diadême. Je souffrirai, je gémirai loin de ma chère Phénicienne, mais je la veux heureuse; elle ne partagera point mon infortune, je veux qu'elle n'épouse que ma gloire.

ÉLIAB.

Mon frère, suspendons cet entretien. Parler de

sa passion c'est jeter de l'huile sur le feu. D'ailleurs, nous devons nous retirer; Saül ne doit pas être éloigné du camp.

## SCÈNE II.

BETHSABÉE, SEMÉÏ.

BETHSABÉE (*à genoux*).

Seigneur, Dieu d'Israël, exaucez ma prière!

SEMÉÏ (*à part*).

Qu'elle est belle! Que sa tête est pure et sainte! Quels vœux le Seigneur exaucera-t-il s'il dédaigne les siens?

BETHSABÉE.

Faites que l'inconnu que j'ai vu à Sidon soit mon mari. Faites qu'il oublie pour moi tout ce qui n'est pas Bethsabée.

SEMÉÏ.

Cette union aura peut-être lieu un jour, mais ce ne sera que quand Semeï aura oublié l'art de dissimuler, quand il n'aura plus de sicles dans sa bourse ni de pierres pour sa fronde.

BETHSABÉE.

Exaucez ma prière, grand Dieu, et je n'adorerai que vous et j'oublierai Astarté. Peut-être vous voudrez que j'attende ce bonheur encore longtemps, mais le marin qui touche au rivage compte-t-il les vagues qui l'ont amené dans le port?

SEMÉÏ.

Madame, à qui dois-je remettre cette chaîne? A cette extrémité pend une petite tablette enduite de cire sur laquelle on a gravé des caractères. Vous réussirez mieux que moi, sans doute, à lire les mots qu'on y a tracés : car le courage c'est toute la science du soldat.

BETHSABÉE (*lisant*).

« Don d'amour pour la princesse Michol. » C'est une fort belle chaîne en or sur laquelle on a incrusté des ornements en argent qui figurent des lis. Cet ouvrage est beau. Mais de qui vient-il et pourquoi ces lis?

SEMÉÏ.

Je ne sais pas cela parfaitement, mais je crois qu'ils font allusion à une fleur que laissa tomber une jeune fille à Jébus devant le guerrier qui fait ce don (*mouvement de Bethsabée*). Il paraît qu'après avoir raillé avec la princesse Michol sur cette aventure, il lui fait don de cette chaîne qui lui dira tous les jours qu'il l'a préférée à une jeune fille fort jolie, mais un peu trop prévenue en faveur de ce guerrier.

BETHSABÉE (*vivement*).

Prévenue? Et qui dit cela?

SEMÉÏ.

Ce n'est pas moi, Madame, assurément.

BETHSABÉE (*à part*).

Ce lis... Ce jeune homme... O mon Dieu! est-ce que ce serait lui?... Est-ce que ce pourrait être lui qui serait aussi ingrat? (*Haut*) Répétez, je vous en prie.

SEMÉÏ.

J'ai entendu cela au travers de la tente de ce jeune homme. Je ne pourrais vous rapporter au juste les termes dont il s'est servi. Il est parti et j'ai trouvé ce présent qui a été égaré par son messager, mais je le rendrai fidèlement. Je veillais dans le camp ; je n'ai pas écouté avec attention, car c'était une chose aussi étrangère à mes intérêts qu'aux vôtres.

BETHSABÉE.

Oh! fais-moi connaître les traits, la taille de ce jeune homme.

SEMÉÏ.

Déployez la chaîne jusqu'au bout, vous trouverez une petite figure en ivoire et en or représentant son buste.

BETHSABÉE (*à part*).

(*Elle déploie la chaîne et pousse un cri en reconnaissant les traits de David*). Oh! l'ingrat !..... Méchant, ce lis que tu as dédaigné, il en est qui seront fiers de l'obtenir. Tu as méprisé mon indigence, tu n'as pas su comprendre qu'il y avait un trésor dans mon cœur, et tu ne le posséderas pas. Va chercher des princesses, fais-toi un bonheur de pourpre et d'or; mais ne t'approche pas de la chaumière de Bethsabée, elle est fermée aux mauvais cœurs. Un jour viendra où tu me regretteras, mais j'aurai fui, mais tu chercheras en vain mes traces, le pauvre n'en laisse pas après lui, car il ne répand sur sa route que des larmes; sables arides et cœurs ingrats, pourriez-vous dire où il a passé?

## SCÈNE III.

LES PRÉCÉDENTS, URIE.

BETHSABÉE.

Urie, vous désirez m'épouser, vous avez dit que je pourrais vous rendre heureux. Vous êtes brave et je sais que vous êtes sincère ; je vous prouverai que je le suis aussi. Vous avez mon estime et je serai fière de vous appartenir. Ce n'est pas vous Urie qui payeriez d'ingratitude l'amour que j'aurais...... que j'ai pour vous. Urie, vous serez mon époux.

URIE.

Bethsabée, je suis reconnaissant de l'affection que vous avez pour moi, et cette preuve que vous m'en donnez est d'autant plus douce qu'elle est inattendue. Vous savez que je n'ai rien d'aussi cher au monde que le Dieu d'Israël. Astarté est votre idole ; renoncez à son culte, et notre union va se décider, et je me croirai plus heureux encore d'avoir soustrait votre encens aux faux dieux, que de l'amour que vous voulez bien me montrer.

BETHSABÉE (*à part*).

Ce sacrifice du culte de mes pères, je me disposais à le faire par amour, et c'est la colère et le dépit qui m'amènent dans ton temple, ô Dieu d'Israël.

SEMÉÏ (*à part*).

O rage ! Cette ruse ourdie avec tant d'art tournerait à ma confusion !.... (*Avec accablement*). J'ai creusé une fosse et j'y suis descendu. Mais elle n'aimera Urie que comme un frère...... Ah ! du moins David ne sera pas heureux......

BETHSABÉE.

Fuyons ce pays, Urie, fuyons secrètement. Ma famille maternelle habite l'Attique. Qui sait si votre parole et l'exemple de vos vertus ne toucheront pas les cœurs de quelques adorateurs des dieux qu'encensent les Grecs?

URIE.

J'approuverai tout projet qui, comme celui dont vous me parlez, pourra être agréable à Dieu et à vous, Bethsabée.

(*Seméï demeure plongé dans un état de stupeur et de désespoir sombre*).

## SCÈNE IV.

SAÜL, SEMÉÏ.

SAUL.

Dis-moi ce qui t'attriste, ô Seméï? Tes yeux semblent devenus de marbre... Tu respires à peine.

SEMÉÏ (*égaré*).

Ah! c'est toi, David. Eh bien! elle est perdue pour toi. Tu ne sais pas? Bethsabée épouse Urie et c'est moi qui les unis.... moi.

SAUL.

Mais tu m'avais dit que tu aimais Bethsabée.

SEMÉÏ.

Je t'ai dit, David?.. J'ai eu de la confiance pour toi?.. Non : de l'horreur, du mépris, oui.

SAUL.

Seméï, rappelle tes esprits. Je ne suis pas David, je suis Saül, ton roi.

SEMÉÏ.

Saül, ah! c'est vrai... Prince, comprenez ma fureur, David s'est emparé de l'âme de Bethsabée, et voilà qu'Urie va l'épouser. J'ai tout perdu... tout.

SAUL.

Écoute-moi; tu es mon parent... Je compte sur toi comme sur tous les miens pour frapper le parti encore faible de David; Seméï, je le hais; je suis malheureux aussi, moi.

SEMÉÏ.

Vous, Saül? Est-ce que David vous aurait ôté le cœur de la femme que vous aimez?

SAUL.

Moi, m'affliger pour une femme, pour une femme dont l'amour, éphémère comme les roses de Jéricho, devient séculaire en une matinée de printemps. Il m'ôte bien plus, Seméï, il me dépouille de ma couronne.

SEMÉÏ.

De votre couronne?... Vous m'aviez dit que vous étiez malheureux. Saül, je pensais, il n'y a pas longtemps, que je ne pouvais détester qu'un homme... Ma haine s'étend maintenant sur Urie. Mais David m'est plus odieux encore. Veux-tu que je te sois dévoué? Fais venir David et force-le de chanter sur sa harpe le mariage de Bethsabée.

SAUL.

Tu oublies que David n'est plus à ma cour, qu'il est à la tête de son parti. Va demander à Dieu qu'il te délivre de ton égarement.

## SCÈNE V.

SAÜL.

Tous mes efforts sont vains; je ne puis m'emparer de David ; depuis que le Seigneur l'a élu roi d'Israël, la malédiction s'attache à moi... Je crois toujours entendre retentir ces paroles des filles des Hébreux : Saül en a tué mille, et David en a tué dix mille. En vain j'ai voulu l'atteindre de ma lance. Comme le son de sa harpe charme les esprits et s'enfuit sans qu'on puisse le saisir, ainsi David, harmonie céleste, après avoir séduit jusqu'à mon fils Jonathas, se perd dans le désert.

Le fils d'Isaï s'emparera du trône ; sa postérité dominera Israël peut-être pendant des siècles, et moi je n'aurai été qu'un aventurier qui me serai assis un instant dans un palais. Non, David fût-il à mille coudées sous les rochers de Sion, nous l'y découvrirons. Malheureux prince que je suis ! Autour de mon royaume, le Philistin et l'Ammonite rugissent comme des lions affamés, et David, l'époux de ma fille Michol, l'ami de Jonathas, est un ennemi intérieur que je ne puis vaincre. Pourquoi ai-je quitté les champs de mes pères et la charrue, cette amie d'enfance que je reprends avec tant de joie ?

## SCÈNE VI.

SAÜL, JONATHAS.

JONATHAS.

Mon père, j'accours près de vous. Vous êtes venu ici animé de colère contre David et j'ai tremblé pour vous et pour lui : entre mon père et mon ami l'issue de toute guerre ne peut être que douloureuse pour moi.

SAUL.

Jonathas, mon fils, me donnerez-vous encore cette douleur, quand la couronne m'est enlevée par David, de vous unir avec lui contre moi? Eh! quoi, David règnera et je serai rejeté! Le Seigneur m'est témoin cependant que non-seulement je n'ai pas sacrifié aux dieux des Chananéens, mais que leur nom n'est pas sorti de ma bouche. Les pierres mêmes de Juda, sous mon règne, ont été vengeresses, et n'ont pas laissé vivre le blasphémateur.

JONATHAS.

Mon père, nous devons perdre avec joie ce que Dieu veut nous ôter. Les soucis se sont assis sur votre front en même temps que la couronne, et vous la regretteriez?

SAUL.

Mais cette couronne, tu l'aurais portée à ton tour; j'étais fier de te la transmettre. C'est dans ses fils qu'un homme de guerre vit; ses os blanchiront peut-être sur le champ de bataille; son sépulcre ne sera peut-être point orné d'un marbre splendide; mais un fils armé s'élève sur sa tombe et les ennemis du père pâliront devant lui.

JONATHAS.

Mon père, votre affection est plus précieuse pour moi qu'un empire: J'aime mieux des pleurs de tendresse versées par vous sur ma chevelure, que l'huile qui coule sur le front des rois. Mon père, dites que vous pardonnez à David. Si Dieu nous destine un bonheur doux et tranquille après la perte de votre royaume, nous plaindrons-nous?

Quelques épis laissés par nous dans les champs pour le pauvre, un hôte fatigué admis sous notre toit, un hymne pur élevé vers le ciel, un sentier où le pied de l'indigent chargé d'aumônes a creusé son sillon, ne charmeraient-ils pas plus votre cœur que le tumulte d'un camp ou la pourpre d'un palais?

## SCÈNE VII.

SAÜL, JONATHAS, POLIDECTE, BRASIDAS.

POLIDECTE.

De l'eau, de l'eau par pitié (*Il s'assied près d'une tente*)!

SAUL.

Soldats, apportez une outre de vin du Liban. Prodiguez-lui vos soins.

JONATHAS.

Étranger, prenez courage ; vous êtes chez des hommes qui craignent Dieu.

POLIDECTE.

Que Jupiter soit béni de m'avoir conduit sur une terre hospitalière ! (*On lui présente du vin*). De l'eau, rien que de l'eau !

JONATHAS (*à Brasidas*).

D'où venez-vous ?

BRASIDAS.

De Sparte.

SAUL.

Quel ennemi a pu vous jeter sur cette terre, sans vivres, sans escorte ?

BRASIDAS.

La mer.

POLIDECTE.

Généreux Hébreu, mon vaisseau a échoué près de Joppé. Sans cet événement, je n'aurais vu ce pays qu'après mon retour d'Égypte. Que ne puis-je vous récompenser aujourd'hui de l'hospitalité que vous m'accordez! J'avais apporté d'Athènes des trépieds, des talents d'or et des bassins d'argent, pour les offrir à mes hôtes, mais Neptune m'a tout ravi.

SAUL.

Dites-moi quels biens vous restent après un tel malheur?

BRASIDAS.

Du courage

JONATHAS.

Que venez-vous chercher sur ces bords lointains, en Égypte, dans la terre de Chanaan?

BRASIDAS.

La vérité.

POLIDECTE.

Oui, jeune Hébreu, nous ne sommes venus ici ni pour vendre du miel du mont Hymète, ni pour acheter du bitume, mais nous voulons connaître celui que vous regardez comme le Dieu de tous. C'est un désir légitime. Quel est l'esclave qui ne désire pas connaître le nom de son maître? Ne pourrai-je dire à l'azur des cieux que sillonne le nuage : qui t'a donné une écharpe d'argent? Et au soleil, qui dore la grappe : qui t'a dit de remplir ma coupe? Nous avons entendu dire que votre nation courageuse a rompu, il y a bien long-temps, les fers dont les Égyptiens les avaient chargés, et qu'un sage, nommé Moïse, éclairé par le Dieu que vous appelez CELUI QUI EST, avait triomphé des hommes et commandé aux éléments.

JONATHAS.

Ceux par qui Dieu fait des miracles sont appelés, par nous, prophètes et non sages. Restez parmi nous, conversez avec les prêtres et les anciens d'Israël; ils vous éclaireront sur ce que vous désirez savoir. Vous nous trouvez ici sous des tentes; tout nous rappelle ainsi que vivre c'est voyager, et que nous ne devons, pour acquérir une éternelle demeure, songer à rassembler d'autres matériaux que des vertus.

POLIDECTE.

Votre réponse annonce une âme pieuse, et vos traits purs sont dans une harmonie si parfaite avec votre langage, qu'on dirait que vous êtes de la ville de Cécrops. Vous viendrez à Athènes et vous y entendrez des chantres divins qui vous diront sur leurs lyres les malheurs d'Ilion et l'hymne à Bacchus, composé par le divin Orphée. Vous connaîtrez les arts que nous devons à l'Égypte. C'est par de tels voyages que les jeunes hommes s'éclairent. Ménélas alla chercher son épouse à Troye, mais un jeune homme doit poursuivre la science avec plus d'ardeur qu'il ne poursuivrait une Hélène. Vous verrez nos temples et nos sacrifices.

JONATHAS.

Le Dieu que je sers veut régner sans partage, et il dit lui-même qu'il est un Dieu jaloux. Je n'en veux pas changer, car son culte est doux à mon âme comme la terre natale à mes yeux. Quand vous saurez bien ce que c'est que le Dieu vivant, vous reconnaîtrez vous-même que chacun de ceux que vous adorez est une passion honteuse. Vénus est le libertinage, Mercure est le vol, Némésis est homicide; ce sont vos crimes que vous adorez. Peut-être un tel langage vous choque, mais vous cherchez la vérité.

BRASIDAS.

Ta franchise me séduit.

POLIDECTE.

Ce que tu me dis je l'écoute sans colère. Je suis ton hôte et à ce titre tu m'es sacré. J'ai le désir de connaître votre Dieu. Votre histoire est une source vénérable dans laquelle mon âme a besoin de s'abreuver.

SAUL.

Mon fils, fais laver les pieds de nos hôtes ; puis, ces étrangers chercheront à réparer les fatigues du chemin sous nos tentes.

POLIDECTE.

Mon hôte, votre Dieu doit être vénérable ; une nation hospitalière est une puissante recommandation pour un culte ; c'est servir les dieux que d'aimer les hommes. Puisse celui que tu adores, reconnaître ton accueil en te délivrant des embûches de la nuit, et te faire retrouver demain ce qu'il y a de plus doux pour un homme, un rayon de l'aurore et un regard de ton fils à ton réveil.

BRASIDAS.

Dieu vivant, nous te louons, car tu nous fais trouver des frères quand nous cherchions des hôtes.

## INTERMÈDE.

Ce qui lui est agréable (au Seigneur) c'est la foi et la douceur.
ECCLÉSIASTIQUE, Ch. 2.

LES PRÉCÉDENTS. (*Tous sont couchés dans les tentes et dorment*); David et Abisaï entrent sans bruit.

(*Il est nuit*).

SAUL (*endormi*).

Seigneur, Seigneur, pourquoi m'avez-vous abandonné? David me succédéra, et c'était Jonathas mon fils qui aurait régné... Qu'est-ce que ce David?... Un efféminé qui sait chanter au son de la harpe... Sans doute devenu orgueilleux depuis que son caillou a renversé Goliath (*David s'approche doucement avec Abisaï, et ils écoutent en silence le songe de Saül*). Oh ! si David pouvait un jour me rencontrer seul, sans défense... Il ne m'épargnerait pas, j'en suis sûr. (*Abisaï lève le bras pour frapper Saül, David le retient*). Mais il n'est encore roi que de quelques vagabonds... Misérables que j'ai poursuivis de caverne en caverne, et qui s'y cachent comme les renards au terrier.

ABISAÏ.

Prends garde qu'il n'en sorte des lions.

SAUL (*endormi*).

Gens dont la conscience dans les troubles est le pillage, qui portent une épée sous le bras et une outre sur le dos, et ne voient dans la victoire que la mort de leurs créanciers.

ABISAÏ.

Tu en as un à payer, et c'est Dieu, Dieu qui réclame ta vie pour la solde de tes crimes (*Il lève sa lance, David l'arrête de nouveau*).

SAÜL (*endormi*).

Il n'y aura jamais de paix ni de trône pour Saül si David ne périt.... Je sais qu'un brave soldat ne voudra pas assassiner David, mais un lâche salarié.... Doëg n'a-t-il pas encore l'épée de Nobé?... Qu'on aille chercher Doëg... Il surprendra David... Un saint guerrier à tuer, c'est un exploit digne d'un homme qui a massacré des Lévites.

Que ce palais est beau!... Les ouvriers de Tyr en ont fait un lieu de délices... Les parfums l'embaument... La lyre et la harpe retentissent... Je suis entouré de gardes vigilants... Sous mes pieds, de riches tapis, et sur ma tête, des fleurs... Des fleurs (*En ce moment le fer de la lance d'Abisaï touche presque au front de Saül*).

ABISAÏ (*en grinçant des dents*).

Ces fleurs te donneraient des fruits amers, si David n'était ici.

DAVID.

Ne le tuez point; car, qui étendra la main sur l'élu du Seigneur et sera innocent? (*à Saül*)

Malheureux prince, tu ne peux donc rêver le pardon... Et tu as une haine qui ne saurait dormir. Reçois la vie encore une fois... Le voici ce manteau que tu portais à Engaddi... Cette entaille fut toute la rançon que j'exigeai pour ta vie... A quoi tient-il que David ne fasse en un instant, à Saül, un linceul de ce manteau royal?... Fallait-il, ô prince, en salir les plis majestueux dans les sentiers de l'ingratitude? Infortuné Saül, tu rêves de palais voluptueux, et tu as fait tuer de saints prêtres! En m'emparant de cette lance, je consens à oublier qu'elle voulut me percer le sein, et quand je dérobe aussi ta coupe, puisse le Seigneur remplir encore tes amphores du vin de la prospérité! Un guerrier victorieux ne doit plus avoir de colère quand son ennemi n'a plus d'armes (*David et Abisaï s'éloignent et montent les rochers au fond de la scène*).

SAUL (*toujours endormi*).

Ciel! que vois-je! David armé d'un glaive! Abner! Jonathas!... Réunissez Israël; c'est la troupe de David qui vient nous attaquer... Mes gardes!... Je n'en ai plus... (*Il porte la main à la place de sa couronne*). Oh ! c'est qu'ils me l'ont ôtée. Un souverain qui réunit la force au droit, est un Dieu... Mais un prince qui perd la couronne n'est pas même un homme. Où sont-ils ces flatteurs qui ne gardent pour le jour de notre adversité que des pieds agiles ?... Qu'est-ce que leur encens ? Une fumée vile qui monte parce que le puissant est en haut.

# TROISIÈME ACTE.

(*La scène est à la porte de la ville d'Hébron*).

Vous êtes mort comme les hommes de cœur qui tombent devant les enfants d'iniquité. Rois, L. 2. Ch. 3.

## SCÈNE I.

DAVID, ABNER, Soldats.

DAVID.

Abner, je connais la fidélité avec laquelle vous avez servi Saül dans les guerres qu'il a soutenues. Aujourd'hui le Seigneur m'a remis le pouvoir entre les mains, mais le ciel m'est témoin que je n'ai pas désiré la mort de Saül, et celui qui vint m'annoncer son trépas et celui de mon cher Jonathas fut puni de mort.

ABNER.

Prince, il est un temps marqué par Dieu pour la chute des empires. Saül a vu s'éteindre en un jour une monarchie dont il avait rêvé l'éternité peut-être. Saül nous a été ôté : mais nous retrouvons en vous, cent fois plus que nous n'avons perdu. En vous désignant aux sujets d'Isboseth, je n'ai fait que confirmer, autant que la faiblesse de l'homme le permet, le don qui vous vient d'en haut. C'est la récompense de votre conduite généreuse envers Saül : il était désarmé et dormait dans son camp ; sa vie était à vous, et vous le sauvâtes. Pour une telle action, un païen vous offrirait des victimes comme à Thésée. Immoler sa haine, c'est plus grand que de tuer le minotaure.

DAVID.

L'encens est à Dieu; n'adorons que lui. Celui qui n'a pas commencé et ne finira pas, a droit à un culte éternel. Mais adorer l'homme, créature fragile et périssable, c'est vouer un culte à la mort; car, si élevé que soit l'homme, ce n'est qu'une glorieuse poussière.

ABNER.

Je retourne vers les tribus de l'Aquilon, et je vais poursuivre ce que j'ai commencé, travailler à les réunir à votre royaume.

## SCÈNE II.

DAVID, ÉLIAB.

ÉLIAB.

Mon frère Isaï, notre père vous envoie quelques fruits de nos vignes et de nos figuiers, et des laines de nos troupeaux. Ces présents si simples, je n'aurais osé vous en parler devant vos courtisans; j'aurais craint d'attirer leurs railleries à notre vieux père.

DAVID.

Tout ce qui tient à l'élu du Seigneur est entouré de respects. Mais venez, mon cher Eliab, venez embrasser un frère qui vous chérit et ne se plaint que de vous voir rarement à son foyer.

ÉLIAB (*avec froideur*).

Non, David, jamais mes caresses ne tromperont personne.

DAVID.

Qu'entends-je? Eh! quoi, mon frère, est-ce que je vous trouverais tel encore qu'à la journée où je vainquis Goliath. Vous blâmiez mon audace, et cependant elle fut couronnée du succès. Ne viendrai-je point à bout de triompher de votre indifférence pour moi? Ce serait la plus précieuse de mes victoires.

ÉLIAB.

Vos grandeurs s'élèvent entre vous et moi comme un mur d'airain.

DAVID.

Qui vous empêche de les partager? Cent fois je vous ai prié de demeurer dans mon palais, et si vous l'eussiez désiré, vous qui êtes un homme plein de courage, je vous aurais accordé les mêmes honneurs qu'à Joab.

ÉLIAB.

La cour est le séjour de l'intrigue.

DAVID.

Je soutiens qu'un homme juste est fort bien placé à la cour; il peut éclairer le roi sur ces maux intérieurs qui dévorent les empires, et que les mauvais conseillers cachent dans l'ombre le plus qu'ils peuvent. Voulez-vous que j'exprime mon opinion sur les causes qui vous font éviter ma présence? Vous ne pouvez me pardonner ma gloire. Oh! si vous connaissiez bien tout ce que m'a coûté ma puissance! Au commencement de ma carrière, que d'obstacles sous mes pas ! Que de courage il m'a fallu pour vaincre un sort mauvais ! Être plein de saintes inspirations, comprendre que les hommes vous appartiennent, et être foulé sous leurs pieds ; semence étouffée dans l'ombre, être considéré comme le grain d'ivraie dans les sillons du froment, et sentir en soi la gloire qui demande à germer ; chantre inspiré du ciel, ne recevoir pour prix d'une harmonie sublime, que la colère frénétique d'un prince corrompu ; ne remplir sa coupe qu'aux torrents, n'avoir pour lit que le granit, ne devoir le pain qu'au glaive ; être regardé comme un traître chez l'étranger ; après avoir été chassé de la patrie, être encore exilé de l'honneur ; m'emparer enfin d'un trône, triste héritage que la mort m'a conquis sur un ami : voilà le calice amer au fond duquel j'ai trouvé la gloire.

ÉLIAB.

Quelle que soit ma pensée à l'égard de vos succès, elle n'est pas vile. La pourpre essuie bien des larmes, mais souvenez-vous que si l'infortune frappe un jour à votre porte, elle ne viendra pas seule ; j'y arriverai aussitôt qu'elle, et vous retrouverez un frère. Soyez assuré d'ailleurs que je me trouve heureux aux champs. Le Philistin peut brûler mes moissons et ravir mes troupeaux ; mon chien est un ami qui ne me mordra pas dans l'adversité. Adieu, David, ma vie simple vaut la vôtre, à vous qui voyez pourtant éclos tous les rêves brillants que l'orgueil a couvés.

## SCÈNE III.

JOAB, ABISAÏ. Hommes de guerre (*Ils entrent du côté opposé à celui par où est sorti David*).

JOAB (*au fond de la scène, regardant Abner et sa suite*).

Quelle est cette troupe que j'aperçois, et quel est l'événement heureux pour Israël que l'on célèbre ?

ABISAÏ.

On ne fit pas plus dans les jours fameux de vos victoires. Vous avez dompté les peuples voisins. Si David a été le bras, vous avez été l'épée. Le nom de Joab est dans toutes les bouches. La chanson rustique du berger et la prière auguste du lévite sont également pleines de vous. Eh bien! ce cortége et cette pompe sont pour l'ennemi de notre race, pour Abner.

JOAB.

Pour Abner?... Pour Abner?... Je vole vers David (*Il disparaît quelques instants. On entend pendant ce temps une musique qui s'éloigne peu à peu. Joab reparaît*).

(*A un groupe d'esclaves*) Courez, suivez Abner. Il ne doit pas encore être rendu à la citerne de Sira. Courez à sa poursuite et amenez-le ici.—David reçoit Abner chez lui : un traître qui ne devrait avoir d'autre escorte que des valets armés d'épieux pour le poursuivre. Ce n'est pas seulement la volupté grossière d'une ivresse crapuleuse qu'il vient chercher dans les festins... Mais il a vendu les droits de l'orphelin... Il veut noyer dans le vin, la honte d'un infâme marché ; c'est inutilement, son ignominie sera désormais la lie qu'il retrouvera au fond de toute coupe.

ABISAÏ.

Les chants suaves l'environnent. Les lyres, les harpes retentissent à ses oreilles, mais elles ne couvriront pas cette grande voix de la conscience qui lui dira à toute heure : tu as vendu Isboseth.

JOAB.

Mais si cette trahison d'Abner n'est pas flétrie par le supplice de la croix, il n'échappera pas à ma colère. Azaël, mon frère, est tombé sous ses coups, mais la vengeance vit dans mon âme... Azaël, mon frère chéri, Abner a tari la vie dans tes veines, mais j'ai soif de la sienne.

ABISAÏ.

Que le sang de notre frère Azaël soit vengé ! Que l'urne de notre colère ne se vide entièrement que sur la tombe d'Abner. Apprenons à ce perfide, que, dans les races belliqueuses, un frère qui tombe, lègue à son frère son épée, son casque et sa mort à venger... Un esclave meurt, sa fin est obscure, comme sa vie l'a été, mais un homme de guerre retentit au loin dans sa chute.

## SCÈNE IV.

JOAB, ABISAÏ, ABNER. Soldats de Joab.

ABNER.

C'est vous, Joab; je suis charmé de vous voir : il n'y aura plus dorénavant, qu'un parti dans Israël. Désormais, vivons en frères.

JOAB (*avec une fureur concentrée*).

En frères... En frères... Oh! Misérable!... Qui t'a prié de me dire ce mot?

ABNER.

Mais, nous sommes tous des enfants de Jacob... Quand on descend du même père, faut-il s'aborder avec des paroles de haine?

JOAB.

Ah! tu veux que je t'aborde avec des paroles affectueuses.... Ne te souvient-il plus d'Azaël?

ABNER.

Votre frère et moi, nous combattions dans des rangs opposés. Il tomba sous mon épée, je le sais. Il me poursuivait depuis longtemps; je le sommai en vain de se retirer. Mais, dites-moi pourquoi vous m'avez fait appeler ici.

JOAB.

Comment?... Tu ne devines pas.

ABNER.

Je suis forcé de retourner chez moi, et ne puis passer à Hébron que peu de temps.

JOAB.

Oh ! va ; nous aurons bientôt fait.

ABNER.

Joab, si tu gardes quelque ressentiment de ce malheureux événement, je t'offre le combat singulier.

JOAB.

Un combat où nous effleurerions nos bras à peine, une espèce de fête militaire où le sang qui coule est le vin qui sort à grands flots des amphores, où les épées et les lances, en se froissant, ne font autre chose que de marquer la cadence du son des lyres, où les femmes jettent des couronnes au guerrier qui a combattu avec le plus d'élégance, un combat, enfin, comme les aimait ce lâche nommé, je crois, Pâris, dont les Sidoniens qui parcourent les côtes nous ont souvent raconté l'histoire... Je crois que cela te serait fort agréable. — Abner, demande pardon à Dieu, à l'instant, pour les fautes que tu as commises ; tu n'as plus que quelques moments à vivre.

ABNER.

Tu oserais, perfide...

JOAB.

Toi qui as vieilli dans les combats, comment n'y as-tu pas acquis cette prudence qui empêche un homme de se livrer entre les mains de son ennemi ?

ABNER.

Pouvais-je m'attendre, lâche, à ce qui me menaçait ; moi, venu ici pour un banquet, moi, qui porte encore des fleurs embaumées sur le front ?

JOAB.

Fleurs et tête, tout va tomber... La tête qui a perdu la sagesse, et les fleurs qui ont gardé leur parfum... Abner, priez.

ABNER.

Mon Dieu, je suis entre les mains d'un homme violent ; je puis dans un instant comparaître devant votre tribunal, mais la colère de l'homme passe, et la vôtre demeure. Que cette colère s'assouvisse donc sur moi, si elle peut conjurer la vôtre! Puisse ma fille ignorer la fin terrible que vous m'avez réservée! Que ce jeune lys croisse et soit béni par vous. Grand Dieu! La voilà, comment l'éloigner?

## SCÈNE V.

JOAB, ABISAÏ, ABNER, MARIE.

MARIE.

Mon père, pourquoi m'avez-vous quittée? Vous savez que je ne suis bien qu'avec vous, que je ne puis vivre sans vous.

ABNER.

Tu ne peux vivre sans moi, ma fille... Mais si Dieu voulait que nous fussions séparés?

MARIE.

Oh! c'est que Dieu voudrait ma mort... Ce que je lui demande chaque jour, c'est de vous conserver à mon amour.

ABNER.

Oh! viens, mon enfant! que je te presse encore sur mon cœur.

MARIE (*dans les bras d'Abner*).

Mon père, que je suis heureuse de vous posséder! Il me semble que je ne vous ai jamais tant aimé, et quand je vois vos yeux se fixer tendrement sur moi, il me semble y trouver quelque chose de puissant et de bon, comme si Dieu me regardait; mais, vous pleurez, qu'avez-vous, mon père?

ABNER.

Rien... rien, ma fille.

MARIE.

Je suis sûre que vous me trompez. Est-ce que vous voudriez m'abandonner encore, moi qui vous chéris, pour marcher contre les Philistins?

ABNER.

Ma fille, Abner n'ira plus à la guerre : ses jours de triomphe sont passés... Éloigne-toi, retire-toi vers David. Dis-lui que je te mets sous sa protection royale. Dis-lui que, pour prix d'une grande portion d'empire que je viens de lui soumettre, je ne lui demande qu'un coin de sa maison pour ma fille, pour ma fille bien-aimée, et quelque chose qui m'arrive, prie Dieu pour ton père.

MARIE.

Quelque chose qui vous arrive, mon père!.. Que voulez-vous dire? Vous prévoyez quelque malheur. Que me cachez-vous? O mon Dieu! que va-t-il vous arriver?

ABNER.

Rien, Marie, rien, ma fille; mais retire-toi. Je reçois, en ce moment, les confidences des généraux de David, et leurs ordres.

MARIE.

Oh! vous me trompez, car vous avez eu aujourd'hui une entrevue avec le roi, et il vous a dit que vous ne connaîtriez point dans Israël, dorénavant, d'autre autorité que la sienne; j'ai bien entendu cela. Mon père, quels sont ces officiers? (*Abner baisse les yeux et ne répond pas*).

ABISAÏ.

Je suis Abisaï, et il se nomme Joab.

MARIE.

(*A part*) Joab? Abisaï?.... Ce sont les frères d'Azaël..... Azaël a été tué par mon père..... Malheureuse que je suis! (*Elle regarde Joab et Abisaï, et remarquant un regard terrible de Joab, elle se précipite sur Abner en criant:*) Mon père! Ils veulent te tuer..... (*Abner cherche à se mettre entre elle et Joab*) Oh! laisse-moi entre eux et toi..... Je suis bien jeune, mais je sais mourir..... O mon père, si j'étais un homme! (*En disant ces mots elle saisit la poignée de l'épée de son père avec force, mais il se place entre les généraux de David et Marie*).

JOAB.

Retire-toi, Marie, de grâce. Crois-tu pouvoir quelque chose contre les arrêts du Très-Haut?

MARIE.

Mon père, tandis que je serai là, ils ne te feront pas de mal; ils ne seront pas assez lâches pour te tuer devant ta fille. (*A Joab*) N'est-il pas vrai que vous l'épargnerez?

JOAB.

Jeune fille, je te plains, mais ton père a-t-il épargné Azaël? (*Marie s'évanouit à ces mots*).

JOAB.

Emportez cette enfant chez David.

*(Un esclave emporte Marie dans ses bras. Joab et Abisaï portent à Abner un coup de poignard dans l'aine).*

ABNER.

Mon Dieu, je vous remercie de ce que vous permettez que je succombe, sans avoir souillé ma cotte d'armes, et sans avoir dépouillé la cuirasse du guerrier, pour revêtir la casaque du bourreau.

# QUATRIÈME ACTE.

*(La scène est à Jérusalem : maison à gauche, rochers à droite).*

Oh ! que vous êtes belle, ma bien-aimée. Oh! que vous êtes belle ! Vos yeux sont comme les yeux des colombes. — CANTIQUE DES CANTIQ. Ch. I.

## SCÈNE I.

BETHSABÉE.

Avec quel bonheur je revois ce pays où j'ai commencé d'aimer ! Malgré les larmes que cet amour m'a fait répandre, ce souvenir me charme encore; il est des premières impressions qu'on ne saurait bannir. L'âme d'Urie, mon époux, est faite de gloire, la mienne est faite d'amour; pour lui, le voile de l'épouse ne vaut pas l'enseigne glorieuse. Je suis pour lui la femme forte qui partage les travaux entre ses esclaves, mais qu'est-ce pour Urie qu'une douce parole de moi? Un vent léger qui frappe l'oreille et ne remue pas l'âme. Quand il revient, la fumée qui sort de mon toit qu'il aperçoit du haut des montagnes ne dit rien à son cœur. Je suis pour lui comme une autre femme. Urie n'a besoin que de combattre, mais moi j'ai besoin d'aimer.

Je me souviens qu'étant adolescente, je connus un jeune soldat Hébreu. Rien n'égalait sa candeur et sa gravité modeste. Quand je parlais, il semblait ne pouvoir plus respirer que mes paroles. Ses yeux se fixaient sur moi, tantôt avec douceur, et tantôt avec une joie qui tenait de l'extase. Il y avait dans toute sa contenance un sentiment de profonde tendresse mêlé d'une chaste crainte, quand il s'approchait de moi, et sa poitrine s'enflait et s'abaissait comme si elle avait contenu trop d'amour.

Quand il chantait, en s'accompagnant de la harpe, les louanges du Seigneur, on voyait que personne n'avait aussi bien compris sa force et son excellence. Les vérités les plus hautes jaillissaient de son âme, non sous la forme aride d'une sagesse qui disserte, mais comme une harmonie sainte qui ébranle et qui entraîne. Ses chants tantôt traversaient l'espace sur la nue sombre et sillonnée d'éclairs, et tantôt descendaient dans les cœurs comme la rosée du ciel. Ils étaient tour à tour la trompette des batailles et la muse éplorée qui écrit avec ses douleurs, la voix du Dieu juste qui menace et celle du Dieu bon qui pardonne.

Muette et pâle quand il célébrait la gloire du Seigneur, j'éprouvais pour lui ce qu'aucun autre homme n'eût pu m'inspirer ; c'est qu'alors ses accents n'avaient plus rien de l'homme.

Pourquoi faut-il qu'il ait méconnu ma tendresse et m'ait traitée avec dédain ! Je crois voir encore cette chaîne où il a fait graver la fleur que mon amour innocent avait laissé tomber à ses pieds ; ce ridicule jeté sur la tendresse de mon cœur me déchire encore comme si l'outrage était d'hier.

Qu'est devenu ce jeune soldat, je l'ignore, ayant vécu longtemps en Attique depuis mon union; mais il est resté dans mon âme comme quelque chose d'immense; il plane sur toute ma vie.

Rentrons chez moi. Que la prière, que les travaux de ma maison fassent diversion aux souvenirs qui s'attachent à moi.

## SCÈNE II.

DAVID, ÉLIAB.

ÉLIAB.

Me voici, mon frère; vous m'avez écrit que vous n'étiez pas heureux; votre infortune me ramène près de vous.

DAVID.

Éliab, mon cher Éliab, Dieu a converti soudain mes maux en biens. Je vous avais fait appeler pour partager, comme vous me l'aviez offert, mon affliction, mais elle s'est dissipée. Éliab, je l'ai revue.

ÉLIAB.

Eh! qui avez-vous revu, David?

DAVID.

Cette jeune fille phénicienne dont je vous ai parlé autrefois. Toujours aussi belle, aussi pure et bien plus majestueuse. C'est le midi de cet astre dont j'avais salué l'aurore. Éliab, ce pouvoir dont je suis honoré dans Israël, je n'aurai plus la triste gloire de le posséder seul : mon âme fatiguée des intrigues des cours, comme mon bras du glaive des combats, va se reposer dans l'amour. Seigneur, soyez béni, car vous faites espérer à mes longs travaux une Rachel; c'est le palmier qui m'attend au bout des sables du désert. Nous serons unis. C'est un destin de reine que je puis leur offrir, et j'espère qu'elle renoncera au culte de son pays.

ÉLIAB.

Quel est le nom de cette jeune fille?

DAVID.

Je l'ignore encore, mais je ne puis douter que ce ne soit la même vierge que j'ai vue chez les Phéniciens : j'ai envoyé à l'instant un esclave s'informer dans la ville de son nom, de sa demeure et de l'état où elle se trouve.

## SCÈNE III.

DAVID, ÉLIAB, URIE.

DAVID.

Soyez le bienvenu, mon brave Urie : Heureux les princes qui sont entourés d'hommes comme vous ! Dévoués au roi, et, ce qui vaut mieux encore, fidèles à Dieu, ils sont l'appui du pays. Un prince qui perd ses places fortes, quelle que soit l'importance de ces villes, ne perd que des pierres ;

mais un prince qui voit tomber des hommes, comme vous, perd sa couronne, car les hommes de cœur, c'est l'empire.

URIE.

Sire, je vois avec joie que vous me connaissez. Le devoir est toute ma vie, et c'est celle de tout vrai soldat Israélite. Un blasphème m'irrite cent fois plus qu'un tort dont on se rendrait coupable envers moi. Je rougirais de coucher sous des lambris de cèdre, tandis que l'arche du Seigneur n'est abritée que par des peaux. Le zèle que j'ai pour mon pays me conduit souvent à l'oubli du foyer domestique, et le soir, quand je suis près de m'endormir, je me dis : O Urie, n'as-tu point de honte de te coucher, tandis que David a encore des ennemis debout ? Le prêtre honore Dieu par l'encens et les victimes, mais voici le culte du soldat : l'obéissance courageuse, quand il combat contre l'étranger ou les rebelles, c'est son encens ; sa vie, qu'il offre à toute heure pour Dieu, le prince et le pays, c'est la victime. Le toit de l'épouse n'est pour moi qu'une tente, et ma compagne n'est qu'une sœur pieuse qui unit sa prière à la mienne pour remercier Dieu de la victoire lorsque je rentre dans Jérusalem. Je sais qu'en agissant ainsi, je serai agréable au Très-Haut, et j'ai l'espoir, s'il m'enlève aux gloires d'un jour que ce monde nous fait, d'avoir part à celles qui ne finiront pas.

DAVID.

Je voudrais récompenser votre zèle. (*A part*) Je le prierai d'accepter une place élevée dans mes gardes; il pourra ainsi voir plus souvent sa compagne.

(*Un esclave entre : David le conduit du côté du théâtre opposé à celui où est Urie*).

(*A l'esclave*) Parle bas. Quel est le nom de la jeune femme?

L'ESCLAVE.

Elle s'appelle Bethsabée.

DAVID.

On t'a dit encore.....

L'ESCLAVE.

Qu'elle est née au pays des Phéniciens.

DAVID.

Je le savais ; qu'as-tu appris de plus ?

L'ESCLAVE.

On m'a dit qu'elle avait épousé un homme de guerre.

DAVID.

On t'a dit... Oh ! tu te trompes, esclave...... Répète ce que tu viens de me dire... On t'a dit...

L'ESCLAVE.

Que cette jeune femme est unie à un homme de guerre.

DAVID.

Mon Dieu ! Mon Dieu... Unie à un autre... Malheureux !... Oh ! vraiment je n'avais pas encore souffert en ma vie.

Elle, unie à un autre !... Mais tu ne pourrais pas même me dire quel est le nom de cet époux ?

L'ESCLAVE.

Puissant maître, je vous le dirai si vous me

jurez par l'arche d'alliance qu'il n'arrivera rien à votre serviteur.

DAVID.

Parle. Je te promets qu'il ne t'arrivera rien ; mais à quoi bon un serment à toi, esclave, à qui je ne dois rien que six pieds de sables dans le désert, quand Dieu voudra rendre à la terre les éléments qu'il t'a donnés ; mais il me faut le tien, tu vas me jurer que tu me dis la vérité.

L'ESCLAVE.

Puissant maître, si je te trompe, si je ne te rapporte fidèlement ce qui m'a été dit, qu'il y ait à jamais dans ma race infortunée des gens qui soient lépreux, qui tiennent le fuseau, qui tombent sous l'épée et qui demandent leur pain : que la chaîne d'esclave y passe à jamais de père en fils comme un héritage de malédiction, que je sois maudit moi-même dans ce qu'un esclave a de plus cher, dans mon avenir, dans mes enfants, car un esclave n'a pas de présent, car il ne vit pas.

DAVID.

Cet époux, quel est-il? Parle.

L'ESCLAVE.

Cet époux de Bethsabée, c'est Urie que voilà; c'est l'homme avec léquel vous parliez tout à l'heure.

DAVID.

Urie!

L'ESCLAVE.

Oui, seigneur. (*L'esclave se retire en faisant de profondes salutations*).

DAVID (*à part*).

Mais cet esclave... il s'est trompé peut-être, ou il s'est laissé corrompre. Si j'interrogeais Urie.... Infortuné, n'es-tu pas déjà trop certain! Apprendre la vérité de son époux! Mais tu veux donc t'enivrer de tes maux. (*Il s'approche d'Urie d'un air sombre*) Dites-moi, Urie, vous m'avez dit que vous étiez marié. De quelle nation est votre épouse?

URIE.

Phénicienne, Sire; elle est née à Sidon.

DAVID (*avec force*).

Son nom ! Son nom !

URIE.

La vierge que j'ai eu le bonheur d'épouser, s'appelle Bethsabée.

DAVID.

Bethsabée !.... Et tu regardes cela comme un bonheur pour toi de l'avoir épousée ?

URIE.

Je le dis, parce qu'elle craint le Seigneur.

DAVID.

Mais toi qui crains aussi le Seigneur, est-ce que tu ne redoutes rien des puissants de la terre, à cause de ta belle épouse ? C'est le courroux de Dieu sur un homme, que la possession d'une femme aussi parfaite. (*A part*) Sa présence me fait mal.

URIE.

Je me retire, et je vais me réunir à Bethsabée qui vient de terminer un voyage d'Attique.

## SCÈNE IV.

DAVID, ÉLIAB.

DAVID.

Bethsabée!..... Bethsabée!... Tu l'as entendu, le sacrilége, il prononce ce mot là comme on dit de ces mots qu'on entend partout, comme je dirais Pharaon, comme je dirais Hiram. Voilà un homme qui passera sa vie dans les combats, et qui viendra, arme honorable, prendre sa place au logis entre les cuirasses et les épées de bataille. La guerre l'aura trouvé de fer pour combattre, et c'est encore du fer que son épouse trouvera chez lui quand elle cherchera un cœur. — Éliab, que le jour qui s'est levé sur le mariage de Bethsabée soit maudit, qu'il soit maudit, car il déchire mon âme comme je déchire ce manteau; qu'il soit maudit, car je ne puis plus trouver le bonheur que dans de coupables espérances. Oh ! plains-moi, Éliab, car, déjà je me demande, en pensant à Urie : Combien vivra cet homme? Car déjà, ce pouvoir que Dieu m'a donné pour faire le bien, je songe, sans en frémir, que, si je veux en abuser, Bethsabée m'appartiendra. Tu es surpris de ce que je te dis, mais il vient un temps de violence, un temps de passion pour l'âme abandonnée de Dieu, où elle ne peut plus avoir foi que dans l'amour.

ÉLIAB.

Mon frère, oh! c'est maintenant que je vous plains. Vous voilà sur ce terrain glissant, où la lutte des passions s'engage, où les vertus ne sont plus, quoique le crime ne soit pas encore, situation redoutable, où l'homme ne peut plus rien pour l'homme, où l'âme n'a plus même cette sainte terreur qui nous arrête au bord du précipice... Redoutable abîme, vas-tu t'ouvrir pour David?

## SCÈNE V.

DAVID, SATAN.

SATAN.

O David, tu parais dans l'abattement ; une âme telle que la tienne est faite pour planer. Le génie déborde dans tes chants, la majesté siége sur ton front, et ton pouvoir, levé sur la Judée, est un soleil qui ne se couche jamais. Que pourrais-tu désirer encore?

DAVID.

Si rien ne manque à ma gloire, tout manque à mon bonheur. Qui que tu sois, ne me trouble pas.

SATAN.

Ton front ombragé de lauriers ne craint, sous ce ciel de feu, ni le soleil, ni la foudre. Le vin rit dans ta coupe, et ce n'est qu'en soupirant que les belles vierges de Juda et de Ruben, répètent que tu ne sais pas aimer.

DAVID.

Que m'importe ce qu'éprouvent les vierges de Juda et de Ruben! Une seule femme règne sur ma pensée, et elle est l'épouse d'un autre.

SATAN.

Elle est femme d'un autre, et tu te dis roi de Judée! Que te servirait ton empire, si tu n'étais maître absolu de tout ce qu'il renferme? Les fils des Hébreux, voilà l'armée de David; les sicles des Hébreux, voilà le trésor de David; les femmes des Hébreux, voilà les épouses de David. Celle que tu aimes, cette œuvre assez belle pour te faire oublier le grand ouvrier, ce Dagon que tu t'es élevé dans ton âme et que tu adores sur les débris des idoles que tu t'es fait gloire de détruire, je sais ce qu'elle pense de toi. Que me donnerais-tu, si je te répétais ce qu'elle disait hier au soir sur sa terrasse, pendant que la brise murmurait dans les feuilles épaisses des figuiers, que le chant grave des lévites s'éteignait au loin, et que les lyres mêmes des plus jeunes Israélites commençaient à s'assoupir?

DAVID.

Je devrais fermer l'oreille à tes discours. Tu ignores que j'aime, ou, si tu le sais, tu ne le dois qu'à des moyens qui devraient nous glacer de crainte tous deux; mais l'homme le plus prudent a des moments où, comme l'Ulysse dont on nous a chanté l'histoire, il ouvre l'oreille aux accents des sirènes, ces formes douces, sous lesquelles les nations ont peint les mauvaises voluptés. Parle, et, si tu dis vrai, je remplirai d'or le casque noir qui couvre ta tête.

SATAN.

Je tiens fort peu à l'or pour moi, quoique je m'en serve souvent près des autres comme un moyen de persuasion. Ce que je veux, c'est te prouver que je suis vraiment ton ami. Or voici ce que disait la voix que j'entendais, et cette voix était celle de Bethsabée, femme d'Urie.

« O toi, qui que tu sois, qui m'as apparu à » Sidon pour la première fois, doux rêve de mes » jeunes ans, pourquoi ne reviens-tu pas? Ton » aube ne se lèvera-t-elle plus sur ma vie, astre » qui t'es couché pour moi? Harpe solennelle et » religieuse, n'auras-tu pas pour Bethsabée quel- » ques chants d'amour? Mon âme, malgré une » triste union, n'est-elle pas toujours l'épouse de la » tienne? »

DAVID.

Tes paroles sont pleines de charme et d'effroi pour moi. Ton savoir m'épouvante, mais je t'aime malgré moi. Comment récompenserai-je les paroles que je viens d'entendre?

SATAN.

Je suis assez payé pour le plaisir de t'avoir causé une émotion. Mais attends un peu, je n'ai pas encore tout dit. Approchons de cette maison (*Ils s'approchent de la maison d'Urie*). Écarte cette draperie ; qu'aperçois-tu au milieu de cette chambre ?

DAVID.

Je vois un guerrier, plongé dans un profond sommeil.

SATAN.

Porte les yeux à droite. Vois, cette jeune femme, contemple cette tête si mélancolique, si digne, si gracieuse. Que ne donnerais-tu pas pour inspirer les sentiments qui viennent se peindre sur ses beaux traits? Vois cette larme qui est sur le point de s'échapper de sa paupière ; peut-être est-ce ton absence qui la cause. David, tu es roi, tu es aimé ; dépose une crainte chimérique et sois heureux. Abandonneras-tu ces biens délicieux que tu vois, pour des biens que tu ne pourras jamais saisir ni comprendre ? Ce serait être sage de la sagesse des fous. David, je te laisse seul avec le bonheur, avec ton bonheur qui s'avance sous les traits de Bethsabée.

## SCÈNE VI.

DAVID, BETHSABÉE (*Semeï écoute le commencement de cette scène et disparaît*).

BETHSABÉE (*sans apercevoir David*).

Souvenir du premier amour, vous n'aurez pas dominé mes premières années seulement; vous vous attachez avec force à toute ma vie (*Elle rêve un moment*).

Comment puis-je encore l'aimer malgré son ingratitude?... Oh! si ma voix pouvait arriver caressante à son oreille, si je pouvais être le vent léger qui fait vibrer les cordes de sa harpe, lorsque, grave et rêveur, il attend l'inspiration, ou celui qui joue dans les anneaux de sa chevelure et dévoile ce front tout plein de mystérieuses pensées, si je pouvais retrouver sur le sable quelque trace à demi effacée de son pas majestueux, si je pouvais voir tomber de ses beaux yeux, des larmes de tendresse qui ne fussent pas pour une autre que moi, si je pouvais, arrivant soudain près de lui, presser sa main avec force et lui dire seulement : C'est moi !.....

DAVID (*Il a écouté ce qui précède et s'est approché peu à peu de Bethsabée avec émotion ; il se trouve en face d'elle et la regarde avec tendresse*).

Eh bien ! Que ferais-tu ?... Car c'est lui, le voici.

BETHSABÉE.

Ah ! (*Après avoir poussé ce cri de joie, elle se retire d'un air digne et triste*).

DAVID.

Oh vous que j'ai désirée comme un saint désire les biens éternels. Vous, assez belle pour m'avoir toujours semblé la gloire dans les combats et un ange dans ma prière, j'ai donc toujours votre âme ?

BETHSABÉE.

Eh ! quoi, c'est vous. Ignorant votre nom, ne sachant ce que vous étiez devenu, j'eusse pu soupçonner que vous étiez de ces esprits d'une nature supérieure, qui ne consentent que par un sentiment de commisération à visiter un moment les hommes, et dédaignent parfois de leur apparaître de nouveau.

DAVID.

Si j'avais été un de ces êtres bienheureux, Bethsabée, ma vie se fût écoulée près de la vôtre, car vous auriez été mon ciel, et je n'aurais voulu remonter au trône de l'Éternel que pour demander qu'il vous comble de ses dons. Permettez que j'oublie près de vous, ces jours où votre absence m'a flétri, ces jours où je me plaignais à Dieu qu'il n'eût pas voulu réunir nos âmes dans une même foi.

BETHSABÉE.

Qui peut vous ramener près de moi ? Ne suis-je plus l'objet de vos dédains ? Sans doute la princesse Michol ne vous aime plus, ou peut-être espérez-vous que de nouvelles fleurs vont tomber de mes mains, et que vous en ferez un nouveau trophée près de celle que vous aimez.

DAVID.

Dans quelle odieuse erreur êtes-vous tombée, Bethsabée? Oh! si je ne vous ai pas suivie avec ardeur, si je n'ai pas imploré à genoux le bonheur de vous posséder, c'est au malheur qui s'est attaché à mes premiers pas dans la vie que vous devez l'attribuer, et aussi à mon respect pour le Dieu de mes pères.

BETHSABÉE.

Vous ignorez que Seméï m'a remis une chaîne destinée, par vous, à la princesse Michol; sur cette chaîne, vous aviez fait graver des lis, raillerie amère de la franchise avec laquelle je vous ai montré mon amour.

DAVID.

Ce que vous me dites, m'explique le contenu d'une lettre de Jonathas, mourant. La voici; je l'ai conservée comme un précieux gage de son amitié.

BETHSABÉE (*lisant*).

« Du champ de bataille de Gelboë.

» Mon cher David,

» Avant de quitter la terre, ma dernière pen-
» sée est pour mon ami. Je meurs moins infortuné
» en pensant que la couronne qui m'était destinée
» passera sur votre tête. Régnez, soyez heureux;
» pensez quelquefois à Jonathas, et retenez bien ces
» paroles de Seméï qui ont été surprises par un
» de mes serviteurs : *Quelle est ma joie! Une chaîne*
» *d'or ornée de lis d'argent, est l'obstacle fragile*
» *que je vais tendre entre David et le bonheur.*
» J'ignore le sens de ces paroles; mais je connais
» la fidélité du serviteur qui les a entendues, et je
» n'ai pas cru devoir négliger de vous transmettre
» cet avis.

» Votre ami,

» JONATHAS. »

Ainsi, vous m'aimiez, ainsi, un moment d'orgueil et de jalousie m'a ôté le bonheur. Dieu et votre mauvaise fortune, voilà donc les obstacles qui vous ont éloigné de moi. Je me suis crue dédaignée, et j'ai fui ma patrie.....

DAVID.

Les moments sont précieux. Vous n'aimez pas Urie, je l'ai entendu. Nous nous chérissons comme autrefois. Nos jours se sont écoulés dans l'absence. Que le présent nous paie en bonheur tout ce que nous doit le passé.

BETHSABÉE.

Que, grâce à toi, le voile de l'épouse soit moins lourd à mon front attristé.

DAVID.

Tu me ravis. J'ai besoin de me dévoiler à toi. Ton cœur n'a pas changé ; tu es fidèle à tes premières affections ; Bethsabée, partage ma puissance... Je suis David... Conserve au roi le cœur que tu as donné au soldat.

BETHSABÉE.

Quoi ! vous êtes le roi d'Israël !... (*Elle veut s'agenouiller devant lui, et paraît interdite*) Sire !...

DAVID.

Bethsabée, que fais-tu ? Point à mes genoux, sur mon cœur.... Aime-moi assez tendrement pour ne pas me respecter. Est-ce que tu croirais à mon orgueil plus qu'à mon amour ? Si j'ai désiré monter plus haut que les hommes, c'est pour être vu de toi. — Dieu a favorisé mes armes. Philistins et Syriens, Ammon et Moab, tremblent devant moi. Eh bien, au milieu des grandeurs, je ne sais quelle tristesse a saisi mon âme, et j'ai dit : Richesse qui n'est qu'un froid métal, estime des hommes qui n'est qu'une gloire faite de mensonges, et vous sciences, trésors dont l'avenir seul aura la clef, vous ne contenez pas le bonheur ; l'amour seul, voilà ce qui n'est pas chose vaine.

## SCÈNE VII.

DAVID, BETHSABÉE, SEMÉI.

DAVID.

Chère Bethsabée, je posséderai donc ton âme; je te verrai, je te verrai tous les jours. Urie, suivra les camps, et un poste élevé que je lui confierai l'éloignera de toi (*Il saisit la main de Bethsabée*).

SEMÉÏ (*qui n'avait pas encore été aperçu de David et de Bethsabée, paraît soudain.*

David! c'est Seméï. Je puis te perdre. Tu ne t'attendais pas à me voir. Cette occasion que j'ai si longtemps épiée, la voici. A ma droite, un époux endormi qui, au premier mot que je lui dirai, sortira de sa maison et tombera sur toi, l'épée à la main, pour venger le déshonneur que tu lui prépares; à gauche, au bas de cette roche escarpée, une foule d'Israélites que j'ai réunis et qui peuvent être témoins de ta faute. La loi condamne à mort les adultères, et si tu échappes à la punition, tu n'échapperas pas au mépris de tout Israël. Ici la mort, là l'infamie, et au-dessus de toi, la colère de Dieu; car, si tu éludes la loi, si tu la mets sous tes pieds, tu ne peux pas faire que la colère de Dieu ne soit sur ta tête. Cela est beau, David; tu laisses à Joab le soin de faire la guerre, et toi, tu restes à Jérusalem comme un lâche déserteur, et là, que fais-tu? Écris-tu de nouveaux hymnes pleins de saintes inspirations? Es-tu plongé dans de pieuses méditations? Dors-tu sur la cendre des passions éteintes? Non, saint roi, tu passes ce temps à parler d'amour à une femme. Ta harpe sainte n'est plus qu'une lyre de prostitution. Urie est ta gloire, et tu veux être sa honte. Il tombera pour toi à la frontière, et toi tu attaques sourdement l'honneur de sa femme. Tu ne sais plus faire qu'une guerre d'infamie.

DAVID.

Semeï, je permets au reptile de lever la tête, mais quand il veut mordre, je l'écrase... Tes injures ne me font rien... Depuis longtemps tu sais que je compte ton mépris comme une de mes gloires. Mais prends garde, car si tu osais souiller, infâme que tu es, la chaste renommée de la femme que voici, alors, Semeï, malheur, malheur à toi!... Misérable! et c'est au moment où j'apprends que ta perfidie m'a ôté Bethsabée, que tu oses troubler une entrevue innocente! Tu pousses l'impudence au point de vouloir jouir du spectacle de mes regrets!.. Oh! va-t'en...

BETHSABÉE.

David!... Ciel! Je suis perdue.... Il me semble avoir vu Urie entr'ouvrir les yeux.

DAVID.

Oh! souhaite, Semeï, qu'il se rendorme.... car je..... (*Il porte sa main sur son épée*). Mais non, si Urie paraît, voici ce que je vais lui dire, que tu as eu l'audace de vouloir enlever Bethsabée, et qu'à l'instant où tu allais porter sur elle une main sacrilége, je suis accouru et je l'ai sauvée. Il n'y a pas un mot de vrai dans tout cela, mais Urie me croira, car on croit David quand il dit : cela est;

et on ne croit pas Semëi quand il jure par l'arche et par le ciel. — Viens de ce côté (*Il l'entraîne vers le précipice*). Tu vois cet abîme. Pourrais-tu en mesurer l'élévation?

UN HOMME DU PEUPLE (*au bas du rocher*).

Mort à l'adultère! Qu'il soit lapidé! L'homme surpris en adultère sera puni de mort. La loi de Moïse le veut ainsi. Des pierres, des pierres; fils d'Israël, prenez-en dans le torrent.

TOUS LES HOMMES DU PEUPLE (*au bas du rocher*).

Mort à l'adultère!

UN HOMME DU PEUPLE.

Semëi! L'homme est-il vêtu richement? A toi le manteau d'écarlate, à nous le collier et les bracelets d'or.

TOUT LE PEUPLE.

Des pierres, des pierres sur l'adultère!

DAVID.

Je te demandais quelle était la hauteur de cet abîme.

SEMÉÏ.

Je l'ignore.

DAVID.

Nous le saurons. Autant de coudées, autant de fois dix sicles d'or pour toi si tu m'obéis. Dis, à l'instant, à ce peuple que Bethsabée est innocente, et que la femme que tu as trouvée ici avec moi est une vieille esclave.

SEMÉÏ.

Ce que vous me proposez n'est pas permis. Je ne trahirai pas la vérité.

DAVID.

Seméï, tu crains de mentir et tu ne crains pas de m'accabler d'outrages et de jeter l'effroi dans le cœur de cet ange. Et ce peuple que tu viens d'exciter, comment veux-tu que je l'apaise?

TOUS LES HOMMES DU PEUPLE.

Des pierres! Des pierres! Qu'on nous livre l'adultère!

DAVID.

Tu les entends qui crient. Semëi, tu sais, quand la mer irritée bruit et gronde, on dirait parfois qu'il faut sacrifier un homme pour l'apaiser et pour sauver le vaisseau. Obéis, ou tu vas être ce bouc émissaire (*Il montre à Semëi l'abîme d'une main, et le saisit par le bras de l'autre main*). Qui te priait aussi de venir joindre ton souffle impur aux vents orageux des passions déchaînées sur notre esquif (*Il le pousse vers l'abîme*)? Parle si tu veux vivre.

SEMËI.

Crois-tu que je ne t'entraînerais pas avec moi? (*Deux esclaves de David paraissent*). Voici mon arrêt. Ces hommes sont à toi..... Et cependant qu'ai-je à craindre? Car Semëi tout seul est un homme, mais David et deux esclaves cela ne fait encore qu'un homme.

DAVID.

Veux-tu parler?

SEMÉÏ.

Faut-il vivre? Faut-il mourir?.... Je ne vois pas que je gagne beaucoup à vivre... Mais, si je meurs, je serai privé de t'insulter dans ta prospérité. Je vivrai (*au peuple*). Bethsabée, femme d'Urie, est innocente, je le déclare; la femme que j'ai trouvée ici est une vieille esclave qui s'entretient avec David; j'ai été trompé par la nuit. Israélites, retirez-vous, David l'ordonne.

UNE VOIX DU PEUPLE.

Seméï, si tu te trompes dorénavant, nous te lapiderons toi-même.

TOUT LE PEUPLE.

Vive David! Vive le roi d'Israël!

DAVID (*à ses esclaves en montrant Seméï*).

Éloignez cet homme.

(*A Bethsabée*) Un esclave fidèle viendra vous chercher dans deux heures et vous conduira au palais par un passage secret. C'est alors que nous serons heureux, car nous serons seuls avec notre cœur (*Bethsabée baisse les yeux et ne répond pas*). Mais avant notre entrevue, Urie sera en route pour l'armée, je vais dans l'instant lui faire donner l'ordre de partir.

# INTERMÈDE.

*(Les bords du lac Asphaltite).*

> J'entendis ensuite le Seigneur qui dit : qui enverrai-je, et qui ira porter mes paroles? Me voici, dis-je alors, envoyez-moi. ISAÏE, CHAP. 6.

## NATHAN.

Terre aride, terre désolée, tout ici rappelle encore aux hommes d'aujourd'hui le châtiment terrible que le Seigneur déploya sur des générations disparues. Si Dieu ne donnait à son peuple des prophètes, tu parlerais, ô terrible nature, et tu dirais : Hommes convertissez-vous. C'est là qu'une race corrompue vit pleuvoir le soufre enflammé. Israélites, hommes puissants au mal, Dieu gardait cette manne de colère à vos fronts endurcis. Cette terre frappée d'anathème est devenue stérile, mais, pour qui pense profondément, la sagesse et la crainte du Seigneur sont les fruits que les nations viendront cueillir à ses coteaux brûlés. La plaine riante et fertile, parée d'une robe périssable, a le fragile éclat de la chair ; mais la montagne aride, qui élève à la nue sa couronne de rochers, a la beauté sévère et durable de l'âme. Retraite austère, je t'aime depuis que Dieu m'apprit qu'avant qu'il contînt la foi, j'avais un désert dans mon cœur. C'est ici qu'on ne doit point regretter le festin du riche, où la chanson profane éteint l'humble prière de l'infortuné, et où le vin qu'on répand sur les dalles nargue les pleurs dont le seuil est mouillé. Ici tout me parle de l'avenir; le nuage argenté qui traverse l'espace m'invite à quitter la terre ; le pigeon, partant pour des bords lointains, me dit : La vie est un voyage, mais la foi sainte est un rameau où ton âme peut toujours se reposer. Ici l'esprit s'emplit d'inspirations, et le prophète, quand son âme déborde, court à la cité répandre devant les rois les saintes vérités, ce torrent qui vient de Dieu. J'irai trouver David quand le Seigneur voudra, et faire entendre sa parole au milieu de Jérusalem. En attendant ce jour solennel, je sonde ici mon cœur, et, près de cette mer au flot dormant qui cache des villes perdues sous ses ondes, je demande à mon âme tranquille à sa surface si elle ne renferme pas un vice, une Gomorrhe encore debout.

# CINQUIÈME ACTE.

*(A Jérusalem).*

## PREMIÈRE PARTIE.

> Je suis à mon bien-aimé, et son cœur se tourne vers moi. CANTIQ. DES CANTIQUES, CHAP. 7.
>
> Je prophétisai donc, comme le Seigneur me l'avait commandé et en même temps l'esprit entra dans ces os : ils devinrent vivants et animés. EZÉCHIEL, CHAP. 37.

### *SCÈNE I.*

DAVID, BETHSABÉE.

DAVID.

Quel bonheur que le mien, Bethsabée ! Chaque jour il se lève plus serein que la veille. A chacun sa couronne. Pour Urie, ton époux, des palmes de gloire chez les fils d'Ammon; et pour moi, ton cœur pour royaume, et pour gloire le bonheur d'être aimé. Es-tu aussi heureuse que moi?

BETHSABÉE.

Il n'y a plus de joie pleine et pure dans le cœur quand le remords y a pénétré, David. Vous ne craignez donc pas d'être heureux pendant qu'Urie combat à la frontière. Avant cette seconde mort dont la loi donnée à Moïse punit l'adultère, l'homme voit au dedans de lui-même la mort de son innocence; ce sentiment de nos fautes en est le premier châtiment.

DAVID.

Ces craintes qui ont accompagné mes premières années, je les ai brisées comme la barrière qui me séparait de toi. Je ne fais aucun tort à ton époux. Urie aime à combattre, Urie aime à prier; il trouve dans mon camp des périls glorieux, devant lui et sur sa tête, un ciel splendide où l'homme de méditation peut s'inspirer.

BETHSABÉE.

Et vous croyez, David, que Dieu ne nous reprochera pas un jour l'amour que nous nous portons?

DAVID.

Bethsabée, Dieu ne t'a faite belle que pour que je t'aime. Il ne m'a donné une âme pleine d'amour que pour que je l'épanche dans la tienne. Pourquoi les fruits pendent-ils à l'arbre sur la tête du voyageur altéré, si ce n'est pour apaiser sa soif? Bethsabée, laisse-moi t'aimer puisque mon amour te rend heureuse, et crois à la bonté de Dieu avant de croire à sa colère. Est-il un nœud plus sacré que celui qui unit mon âme à la tienne? Tout en toi est un enchantement pour moi. Pourquoi voir un piége, un danger dans ce qui n'est qu'une admirable œuvre de celui qui a tout créé. Pourquoi être porté à prêter à Dieu les passions jalouses des hommes, et à dire : craignons, quand ses œuvres nous disent : aimez.

BETHSABÉE.

Je n'éprouve pas les mêmes sentiments. L'amour des hommes est mêlé de courage, c'est une tendresse fière que la vôtre, et la force vous est fidèle jusque dans les affections les plus douces ; mais chez nous, faibles femmes que nous sommes, une crainte pudique accompagne toutes nos actions, et ce n'est qu'en tremblant que nous osons être heureuses ; nous aimons comme la colombe, et vous comme l'aigle. — Cet amour que j'ai pour vous, cet amour que je voudrais en vain oublier, si un nœud saint ne le rend légitime, comment pourrait-il me faire complétement heureuse ? Il ne sera paisible qu'autant qu'il sera pur. Il me semble que mon âme a besoin que Dieu la rassure par la puissance de ses bénédictions.

DAVID.

O Bethsabée, qu'as-tu dit ? Tu ne peux être heureuse ainsi. Urie sera donc toujours entre toi et moi. C'est un obstacle jeté sous les pas de notre amour. Oh ! que je hais cet homme ! Que n'est-il un de ces citoyens turbulents qui sont de trop dans tout État bien réglé, et qui, le jour qu'ils meurent, sont pour la première fois utiles au pays!

BETHSABÉE.

David, David, ayons le courage de nous arracher à notre bonheur ; je ne vous demanderai pas de m'oublier ; je mourrais si vous ne m'aimiez plus ; mais éloignez-vous de moi. Qui sait ce que celui qui préside d'en haut à nos destinées nous réservera de joies pures dans un meilleur monde pour ce sacrifice de quelques jours d'un bonheur coupable que nous pouvons lui offrir. David, oh! je t'aime trop, ton amour me perd ; David, oh! rouvre-moi le ciel ; ne refuse pas de sauver mon âme !

DAVID.

Jeune femme, que me demandes-tu? Dis qu'il te faut ma vie, qu'il te faut ma couronne, dis que tu veux que je sois couvert d'infamie comme je l'ai été de gloire aux yeux de tout Israël, mais me séparer de toi !... Mais tes yeux sont ma lumière, mais ton haleine est l'air qui me donne la vie, mais une simple parole de toi me domine ; tu n'as qu'à dire

David et me regarder avec douceur, et je suis trop heureux de t'obéir. — (*Après un moment de silence*) Bethsabée, je ne veux pas d'un bonheur qui me coûterait ton repos. Calme ta conscience; je m'éloignerai de toi. Le roi d'Israël est donc condamné à l'infortune; pourquoi? Parce que cet obscur Urie, cet homme de néant s'est emparé de toi, parce qu'il m'a ravi mon bien (*Sombre*). Bethsabée, prie pour Urie!

BETHSABÉE.

Vous m'effrayez.

DAVID (*avec mélancolie*).

Éloigne-toi, mon ange; il est des moments où, après s'être enivré de la vue de ce qu'on ne peut posséder, on a besoin d'en être séparé. Quitte-moi, va-t'en, va-t'en, ne reste plus si belle, si touchante, là, sous mes yeux, car je ne pourrais plus pardonner à Urie.

## SCÈNE II.

DAVID, SATAN.

DAVID.

Ainsi donc, cette femme céleste m'est ravie. Ces yeux si doux, si candides, ciel bleu sous lequel se calme et descend le nuage de ma colère, ne s'ouvriront plus auprès de moi. Grâce à ce bras, de nombreux ennemis d'Israël ont jonché la Judée, et mon ennemi subsiste. O regrets! O rage!

SATAN.

Pourquoi cette colère? Soumets-toi aux volontés du ciel, ou fais ployer la terre sous ta puissance. N'es-tu pas roi?

DAVID.

Esprit, dont j'ai éprouvé la science, cette puissance m'a-t-elle été donnée pour faire le mal?

SATAN.

Quel changement la mort d'Urie apportera-t-elle dans l'État? Il y aura un homme de tué dans l'armée, une vague de moins dans ces flots puissants qui battent le pied des empires. David, tu es jeune et couvert de gloire, et tu voudrais entrer dans cette voie douloureuse où les pieds, ensanglantés par les ronces, marchent vers je ne sais quel bonheur qu'on te promet et qu'on ne te fait pas voir, et tu voudrais te faire infortuné d'avance dans la crainte d'une infortune qui n'arrivera pas, sacrifier ce que tu es pour ce que tu ne seras jamais.

DAVID.

Mais, parce que je suis plein de passions, faudra-t-il que je leur sacrifie un homme de bien, et que je sois le volcan qui, quand il vomit sa lave, n'épargne pas à ses pieds les moissons?

SATAN.

Eh bien! abandonne à Urie cette femme que tu aimes depuis ses jeunes ans. Repousse même ses caresses gracieuses, si elle revient vers toi. Un jour, peut-être, Urie la rendra mère; va jusqu'à caresser dans l'enfant de Bethsabée la ressemblance d'Urie. Puisque tu crois outrager celui qui t'a donné la vie, en vivant, meurs. N'attends pas le temps où ton corps sera mangé des vers, et donne-le à dévorer à la pénitence.

DAVID.

Que résoudre entre la privation d'une femme que j'adore, et la mort d'un soldat d'Israël que le salut du pays m'ordonne de conserver?

SATAN (*avec colère*).

Tu aimes Bethsabée, mais tu ne la posséderas jamais. C'est que tu ne sais pas aimer comme le démon sait haïr, avec violence, c'est que tu appartiens à cette espèce misérable qui ne sait accomplir ni le bien ni le mal, aussi indigne de souffrir que d'être heureuse, nature méprisable qui n'est ni ciel ni enfer.

DAVID.

Non, quoi que tu puisses dire, je ne me rendrai point coupable de la mort d'Urie. J'ai possédé sans remords le cœur de Bethsabée, car Urie n'a pas d'amour pour elle, mais un sentiment vague de protection ; le mariage n'est pour lui qu'une union que le temps et les douceurs de l'habitude ont rendue supportable ; mais moi je suis vraiment uni à Bethsabée, et ce n'est qu'en me déchirant qu'on pourrait séparer mon âme de la sienne. Urie a ma haine, mais cette haine n'est pas encore homicide.

SATAN.

David, elle le deviendra. Adieu. Je reviendrai dès que tu ne seras plus assez timide pour hésiter à sacrifier une vie de soldat pour un bonheur de roi.

# SECONDE PARTIE.

## SCÈNE I.

DAVID, PSAMMÈS ambassadeur d'Egypte, ambassadeur du roi de Tyr, Égyptiens et Phéniciens.

PSAMMÈS.

Je suis envoyé par le roi d'Égypte : il vous offre, ô monarque puissant, des talents d'or, des toiles de fin lin et d'autres présents. Il souhaite qu'Isis, Osiris, Anubis, Horus et tous les autres dieux que nous adorons vous comblent de leurs faveurs.

DAVID.

Vous direz à votre souverain que je le remercie de ses souhaits, et que je le plains de tout mon cœur, entre tant de dieux de n'en pas adorer un seul véritable.

PSAMMÈS.

Que ton pouvoir élargi ne connaisse plus de rives... Nous vénérons en toi un roi aussi saint que puissant. Comme notre Nil mystérieux qui voile sa source au monde nous donne des flots abondants et des épis dorés, quand ta tête se cache aux nues, tu débordes en bienfaits sur tes peuples. Nous n'avons point perdu le souvenir du séjour en Égypte de vos aïeux, et, depuis que les dieux chassés du ciel par les Titans étaient venus nous demander un asile, nous n'avons rien vu d'aussi grand sur nos bords que Moïse.

DAVID.

Votre souverain désirerait-il un corps de troupes pour l'aider dans quelque entreprise? J'ai des archers exercés, et des frondeurs dont les deux mains, rivales en adresse, sauraient, en atteignant le cheveu, respecter la tête.

PSAMMÈS.

Par Isis, ce n'est point là ce qui m'amène, mais mon prince désirerait qu'il y eût alliance entre un prince de votre maison et une vierge de la sienne.

DAVID.

Égyptien, je te répondrai comme doit le faire un adorateur du Dieu de vérité. Notre loi nous défend de contracter d'alliances avec les femmes idolâtres. Si l'union que tu proposes se réalise un jour, il sera permis à la fille des Pharaons de se souvenir de Memphis, mais elle devra oublier ses dieux.

L'AMBASSADEUR DE TYR.

Grand roi, le souverain qui règne à Tyr vous assure de sa vénération profonde. Il sait que vous êtes dans l'intention d'élever ou de faire élever, par votre fils, un temple au Dieu d'Israël, et il vous offre des cèdres. Fils aîné de la mer, notre aviron touche au bout du monde. Nos marins iront pour vous à Ophir ou en Tharsis.

DAVID.

Je te remercie, Phénicien ; on trouve partout des esclaves, mais tu viens de m'offrir des hommes. Je connais Tyr ; Tyr est grande, et ses marchands sont les rois de la mer. Heureuse ville, qui lève sur les pays lointains des tributs d'ivoire, d'or et de pierreries ! Plus heureuse si elle mettait le même zèle à faire descendre du ciel les vrais biens sur sa tête ! J'ai mis ma confiance dans le Seigneur et il m'a exaucé ; grâce à lui, de tous les vents qui soufflent sur Sion, il n'en est aucun qui n'ait passé sur le champ d'une de nos victoires, mais nous adorons le front dans la poussière, parce que Dieu aime mieux un cœur obéissant qu'un front altier, et nous ne cherchons point la gloire qui vient des hommes.

PSAMMÈS.

Puisses-tu, comme Sésostris, être appelé roi des rois, et seigneur des seigneurs !

DAVID.

Un roi d'Israël ne doit aspirer qu'à s'appeler le serviteur du vrai, du seul Seigneur.

## SCÈNE II.

DAVID.

Il y avait à la frontière d'un certain empire, un pauvre homme qui n'avait pour tout bien que sa femme et son épée ; il défendait de son sang le pays et le roi. Le roi dit un jour, en voyant l'épouse de cet homme : « Cette femme est belle, » son mari est vaillant, mais faisons-le tuer ; un » guerrier qui meurt, ce n'est qu'une lance de » brisée. » Après avoir ainsi parlé, le roi, qui était puissant, ordonna la mort de l'époux de la même bouche qui avait commandé au lapidaire des bracelets pour l'épouse. — David, David, cette histoire infâme, c'est la tienne; tu as fait tuer Urie ce brave soldat, après avoir déshonoré sa femme. Après avoir gravé profondément l'opprobre sur ses armes victorieuses, tu as tué Urie, tu l'as puni de ton crime.

## SCÈNE III.

DAVID, BETHSABÉE, MARIE.

MARIE.

Justice, justice, mon seigneur, car vous êtes tout-puissant. Justice, car jamais le sang innocent n'a coulé par vos ordres dans Israël. Justice, car vous êtes ce qui vaut mieux que d'être grand, vous êtes bon.

DAVID.

Qui t'a dit, jeune fille, que je fusse bon?... Oh! si tu cherches un être parfaitement bon, parfaitement juste, lève les yeux au ciel.

MARIE.

Prince, vengez la mort de mon père, vengez Abner. Je viens vous en supplier, comme je l'ai déjà fait si souvent. Il est mort assassiné, après avoir réuni à votre couronne une partie d'Israël, et ce n'est pas un prince comme David qui laisserait récompenser par le meurtre les services qu'on lui a rendus.

DAVID (*à part*).

Ah! tu n'as pas connu Urie.

MARIE.

Vengez-moi, Sire, vengez-moi de Joab.

BETHSABÉÉ.

Mon seigneur, vous entendrez sa plainte. Vous ne voudriez pas chasser de votre palais une orpheline, vous qui êtes le père de tous vos sujets. Vous êtes bon et miséricordieux; votre main s'ouvre pour le pauvre dans l'obscurité, et, quand il s'agit de soutenir le faible, vous montrez que votre bras n'est pas raccourci. Daignez, mon seigneur, la venger de Joab.

DAVID (*haut*).

De Joab!... (*à part*) La venger de Joab que j'ai moi-même chargé de faire tuer Urie, de Joab qui est resté dépositaire de cet affreux secret.... Malheureux prince que je suis, est-ce que je serais privé du plus saint des droits? Serais-je devenu assez misérable pour ne pouvoir plus venger l'orphelin?

MARIE.

Seigneur, que personne ne puisse dire qu'un infortuné qui s'est jeté à vos genoux se soit relevé l'œil en pleurs.

DAVID.

Marie, ma fille, as-tu oublié que ton père avait tué le frère de Joab.

MARIE.

Mon père donna la mort à Azaël, mais comme cela peut arriver à la guerre, et en se défendant sur le champ de bataille, mais il a été lâchement assassiné par Joab.

## SCÈNE IV.

DAVID, JOAB, MARIE, BETHSABÉE.

DAVID.

Relève-toi, Marie, Joab est le bouclier d'Israël et je ne puis le sacrifier à ta vengeance, car Joab n'est pas à moi, il appartient au peuple de Dieu. Apaise ta juste douleur, Marie.

MARIE (*se relevant*).

Ma douleur, Sire? (*apercevant Joab*) Je ne la sens plus, je n'ai plus que de la fureur. (*à Joab*) Lâche, qui as tué mon père, tu oses porter une épée de bataille, toi! Tiens, je vais te montrer l'arme qui te convient (*Elle tire l'épée de Joab, la brise sur son genou, et jette à ses pieds la poignée et le tronçon*). Tu avais une épée, tu n'as plus qu'un couteau, mais tu es un assassin, c'est là ton arme, et maintenant tu peux combattre avec moi, je n'ai qu'une aiguille et n'ai pas de cuirasse. Envoie la jeune fille rejoindre le vieillard, couvre ta tête d'une seconde infamie.

JOAB.

Je suis venu ici pour parler de la guerre contre les Ammonites. Prince, depuis le temps que je commande vos armées et que vous honorez d'autant de confiance ma tête que mon bras, je ne vous avais pas vu admettre des femmes dans le même conseil où vous appelez des hommes de guerre.

## SCÈNE V.

NATHAN, DAVID, JOAB, MARIE, BETHSABÉE.

NATHAN.

Celui qui vit au sein des rochers vient visiter ceux qui habitent les palais ; l'homme qui prie, celui qui combat ; il vient, parce que l'iniquité de la ville est montée à son comble ; il vient, parce que celui qui lui a dit : va ! ne veut pas qu'on attende au lendemain.

DAVID.

Saint vieillard, soyez béni, vous qui venez au nom du Seigneur.

NATHAN.

Voici ce que dit le Seigneur : Joab, fils de Sarvia, malheur à toi, car tu es devenu un homme de sang. Tu t'es servi de l'épée contre un bras désarmé. Tu as endurci ton cœur à la voix de la conscience et ton oreille au cri de l'orphelin. Tu t'es enorgueilli de tes victoires, comme si tout succès ne venait pas de Dieu. C'est en vain que tu te fais un nom parmi les hommes. Ne faudra-t-il pas, homme de peu de foi, que ta dernière conquête soit un tombeau? Ton avenir se dévoile à mes yeux... De nouvelles victimes tombent sous tes coups: comble, comble la mesure de tes iniquités... Mais la fosse que tu as ouverte va se fermer enfin sur toi. Un nouveau roi s'avance et ton heure a sonné. C'est en vain, ô Joab, que tu tiens cet autel embrassé! Tu tombes sous la hache. L'autel n'est plus protecteur à qui n'y porte que des crimes pour encens (*Joab tombe dans un abattement sombre*).

MARIE (*avec exaltation*).

Mon père, mon père, tu seras donc vengé!.... J'adore le Dieu qui diffère, mais qui punit.

NATHAN (*les yeux levés vers le ciel*).

Abner, la miséricorde divine se désarme; tu portes ton épée aux pieds du Seigneur. Un regard d'ineffable bonté s'abaisse sur toi ; mon oreille recueille des mots de pardon. Marie, console-toi.

MARIE.

Je rends grâce au Dieu qui sèche les pleurs.

## SCÈNE VI.

DAVID, NATHAN, JOAB, MARIE, POLIDECTE, BETHSABÉE. Quatre hommes portant le corps mort de Brasidas.

POLIDECTE.

Sire, je viens vous demander justice. A l'instant, Brasidas et moi, nous étions dans un endroit écarté et nous adressions ensemble nos prières à Cérès devant la statue de cette déesse. Une troupe d'Israélites fond sur nous à l'improviste, brise la statue et renverse Brasidas mort à mes pieds.

(*Montrant le corps de Brasidas*) Voilà le travail qu'a fait la mort.

DAVID.

Étranger, le Dieu d'Israël nous a ordonné de détruire les idoles. Mais j'aurais désiré qu'en renversant le dieu on eût sauvé l'idolâtre.

POLIDECTE.

Cher Brasidas, que n'ai-je pu mourir avec toi! Les Hébreux qui l'ont tué étendent leur ressentiment au delà des bornes de la vie; ils veulent s'opposer à ce que le corps de mon ami reçoive les honneurs funèbres, et, comme si elle pouvait punir encore son ombre, leur haine implacable est venue lui fermer le tombeau. Ami généreux, voilà donc tout ce qui nous reste de toi. Cet œil, astre aux rayons de feu, subit une éclipse éternelle. Ce bras qui s'est si souvent étendu pour défendre ceux que tu aimais est raidi par la mort, comme s'il venait de lutter contre le néant. Cette âme s'est endormie. Dieux immortels, aura-t-elle un réveil! Cette âme noble ira-t-elle, comme celle de Daphné, s'enclorre sous l'écorce d'un laurier? Ira-t-elle, comme celle d'Hercule, revêtir glorieusement votre nature immortelle ? O mort, quand diras-tu ton secret ?

NATHAN.

O vieillard, que crois-tu ?

POLIDECTE.

Je crois qu'il est des dieux : mais sont-ils aussi bons qu'ils sont puissants? Un voile tombe sur nous au moment de la mort ; qu'y a-t-il au delà ? Qui peut lire en cette sombre nuit ?

NATHAN.

La foi, la foi. Il est un Dieu seul, immense, éternel ; l'homme de bien, sur cette terre, est un doux reflet de cette glorieuse lumière. Les Chananéens étaient voués à de sanglantes superstitions, il a répandu dans sa colère son peuple sur ces nations abominables, comme un grand châtiment. C'est le Dieu d'Israël, c'est le Dieu vivant. Dans la main d'un mortel, de l'argile et de l'eau ne font que de la fange, mais dans la main de Dieu cette fange est un homme. Au temps de Loth, sa colère est une flamme qui dévore ; au temps de Noé, elle mugit en onde irritée, et puis, quand vient le calme ; son arc qui sourit sur un ciel sombre ; dit : les mauvais jours vont finir ; espérez ; ô fils des hommes. Grec, veux-tu connaître la vérité ?

POLIDECTE.

Je n'ai pas de plus ardent désir.

NATHAN.

L'âme ne saurait-elle revenir en sa demeure ? L'épée tirée ne rentrera-t-elle plus au fourreau ? Polidecte, nous demanderons que la vie soit rendue à ton ami. Invoque tes dieux, et moi j'invoquerai la lumière éternelle.

POLIDECTE.

Grand Jupiter, et vous, Vénus au divin sourire, noir Pluton et toi, Minerve, sagesse incarnée, toi, Apollon qui chantes dans les poètes, et toi, Mars qui combat dans les guerriers, et vous tous, dieux et déesses qui veillez au salut du monde, une ombre chère à mon cœur touche aux sombres rives. Si le sévère Destin veut se laisser attendrir par mes larmes, dieux tout-puissants, rendez-moi mon ami.

NATHAN.

Tes dieux ne répondent pas encore.... En leur parlant bien haut ; peut-être ?.... Mais, Polidecte, tes dieux mangent et boivent... Te faudrait-il attendre qu'ils eussent savouré l'ambroisie ? C'est que tes dieux sont matière ; mais Israël adore l'Esprit.

NATHAN (*lentement en montrant le corps de Brasidas*).

Seigneur, il y avait là une âme tout à l'heure. Voilà que le corps quelle animait l'a agenouillée devant Cérès, l'a prostituée au démon. Seigneur, vous êtes le Dieu qui parlez aux tombeaux. Daignez commander à cette âme qu'elle rentre à son foyer d'argile. Couvrez-vous de gloire aux yeux des hommes, afin qu'ils adorent, afin qu'ils sachent que vous êtes le Seigneur.

(*A Brasidas*).

Voici ce que dit le Seigneur : je visiterai ceux dont les nations m'étaient étrangères, et ma parole, ainsi que mon soleil, fera le tour du monde. Fils de Javan, viens prendre place au festin d'Israël. Tu n'avais obtenu de Cérès qu'une tombe, je te rends un ciel. Celui qui compte les jours des hommes avait jeté la dernière ombre sur ta vie, mais sa bonté t'ouvre l'immensité d'un bonheur éternel. Renais, mais pour briser tes dieux, adore l'Invisible. Épi fauché par la mort, dresse-toi sur ta tige. Grec, debout! Enfer, rends-moi ta victime.

*(Brasidas se lève. Son premier mouvement est de se prosterner, et il reste les yeux fixés vers le ciel. Une joie extatique resplendit dans ses traits. Moment de silence et d'étonnement profond dans tous ceux qui assistent au miracle. Polidecte éprouve plus que les autres cette sensation. Il se jette dans les bras de Brasidas. David et Bethsabée regardent le ciel, et leur physionomie s'anime d'une expression religieuse; puis leurs yeux se rencontrent. Un sentiment de tristesse et de repentir se peint dans leurs traits; ils voudraient; mais ils n'osent se parler).*

## SCÈNE VII.

LES PRÉCÉDENTS, SATAN.

SATAN.

David ! David ! ô colère, tu seras donc heureux. Dieu te donne cette Bethsabée que tu aurais due à moi seul. Tu seras son époux. Tu vas devenir un enfant de bénédiction. David sera heureux après avoir éprouvé des calamités passagères. Moi, fils de la lumière, j'aurai toujours à mes flancs la douleur aux ongles de fer, la torture qu'on n'endort jamais ; j'habiterai la maison où l'on maudit et l'on brûle, où l'éternité est le ver qui ronge et la flamme qui dévore.

Moi aussi, j'ai été heureux, j'ai habité le ciel, cette lumière éternelle, séjour radieux de joie, de gloire et d'amour. Autrefois le bonheur rafraîchissait ma tête, mais sa couronne de fleurs a été séchée sur mon front par le crime au souffle de feu. Parfois, un rayon du ciel que je n'ai point oublié descend dans mon antre, sombre comme une déchirante ironie. Parfois, une musique aux sons harmonieux qui s'échappe un moment du parvis céleste, vient insulter à nos cris de fureur et nous tordre sur nos lits ardents. Race d'Ève, oh! tu ne m'échapperas pas tout entière; je vois surgir de ton sein de nombreux coupables... (*Avec un éclat de rire*) J'espère encore : ils souffriront. Riez, démons, riez bien, bande infâme, riez, ce sont des heureux de moins. A ce banquet brûlant, Israël, tu fourniras encore des convives. Enfer, enfer, élargis-toi (*Satan s'engloutit*).

## SCÈNE VIII.

LES MÊMES, excepté Satan.

DAVID.

Polidecte, vous cherchiez la vérité, et le Dieu d'Israël, daigne vous la révéler et vous rendre en même temps votre ami. Que votre vie soit employée désormais à reconnaître de tels bienfaits.

Pour moi, je serai plus que jamais l'ennemi des idoles. Otons au démon son dernier asile. Abattons, brûlons ces bois qui renferment deux choses immondes, des sangliers et des faux dieux.

NATHAN.

(*Il fixe les yeux avec transport sur David et sur Bethsabée, et il étend les mains sur leurs fronts*).

Oh! quelle sainte union se prépare!... David, la femme imprudente devient une épouse fidèle. Des jours sereins t'attendent, mais tu n'arrives à cette lumière pure qu'au travers des orages. Cette union dont le démon avait fait pour toi comme un filet d'opprobre devient une source de bonheur, et la gloire s'enracine en ta maison. A travers tous ces rois qui fleurissent sur sa tige, ô David, quelle douce lumière! J'entends un nom sacré, j'entends un nom trop pur pour la bouche des hommes. (*Avec enthousiasme*) Tressaille, ô monde, car il te naît un roi! Tressaille, ô Juda, ton monarque est un Dieu! A ce seuil de bergers, quelle étoile s'arrête? Près de cette humble crèche, que font dans la poussière ces vieillards prosternés? Orient, ta sagesse est à genoux devant un enfant. La science s'abaisse devant la douceur ineffable : les lions lèchent les pieds de l'agneau. Des hommes simples, des hommes pauvres sont l'humble cour de cette Majesté divine ; les grands du monde, c'est Alexandre, c'est César ; mais les grands du ciel, c'est Pierre, c'est Jean... Mon Dieu, mon Dieu, des douleurs terribles à celui dont le cœur aima tant... Mon Dieu, point de pitié dans cette populace vile pour celui qui eut tant de pitié pour les petits enfants. Mais le ciel le redemande à notre monde. Malheureux tribunal, tu oses juger ton maître. Malheureux tribunal où le juge est le condamné. Mais sa dernière douleur s'exhale dans un cri déchirant, et, quand il a subi son atroce sentence, ce cri terrible est un appel à Dieu... Un Dieu qui meurt est le salut des hommes.

Pourquoi le voile du temple se déchire-t-il ?... Jérusalem, veuve éplorée, c'est ainsi que parle ta douleur.... Pierre, renverse-toi, et vois passer la majesté de Dieu !... Femmes, que cherchez-vous à ce sépulcre ? La tombe renfermerait-elle celui que le monde ne peut contenir ?



---

Tours, Impr. de Mame.

www.ingramcontent.com/pod-product-compliance
Ingram Content Group UK Ltd.
Pitfield, Milton Keynes, MK11 3LW, UK
UKHW031903260826
14628UKWH00002B/953

9 782014 063158